機械の停止

アメリカ自然主義小説の運動／時間／知覚

折島正司

松柏社

機械の停止　目次

Ⅲ　知覚　159

イントロダクション

無意味のいろいろ
――アメリカ自然主義文学と脈絡の欠損

自分の人生の過去を、どうしてこんなにすこししか思いだせないのか、ヴァンドーヴァーはいつもふしぎに思っていた。ごくごく最近起こった出来事をのぞくと、彼がありありと思いだせることは、ほとんど何もなかった。自分の人生にはこんなストーリーがあったという気が最初はしても、よくよく点検してみると、それは、ことがらの重要性とは何の関係もなく、記憶がごく気まぐれに保存したつながりのないいくつかの偶発事にすぎなかった。偶発事というのは、大きな悲しみ、悲劇、家族の死であることもあった。だが、それと同じように鮮明に、それと同じように細部まで正確に、ほとんど何の意味もないことがらが、思いだされることもあったのである。

フランク・ノリス『ヴァンドーヴァーと野獣』

ラカンばあさん

エミール・ゾラの『テレーズ・ラカン』は、死体と意味の物語である。

テレーズ・ラカンと愛人のローランは情欲のとりことなる。ふたりの情欲の間には、カミーユが立ちはだかっている。テレーズの夫である。夫という社会的意味がふたりの情欲のやりとりを阻害する。ふたりは、意味としてのカミーユを水死させる。そしてローランは、物体化したはずのカミーユの姿を確認しようとして、パリのモルグに日参する。

モルグは、「どんな財布のもちぬしでも見られる見世物」である。見物人たちは、「まるで芝居でも見ているつもり」で「今日の《死体劇場》」の出来栄えなどを口にしながら帰っていく。人間の身体は、対価こそ要求しないが、りっぱな商品である（ゾラ上一一〇）。やがてローランがそこに見いだす変色したカミーユも、「ばらばらになった肉塊をよせ集めたような感じ」で、「両脚はまだしっかりしている」にしても「足さきは落ちてしまって」いて、申し分のない物体である。

しかし、この物体は、「目をなかばひらいて、こちらを見つめ」、ローランの「胸にはげしい一撃」を与える（上一一三）。それだけではなく、水死したはずの意味は、やがて水死体の表象となってあらわれ、ふたりの情欲の間に立ちはだかる。ベッドでたがいを抱擁しようとするふたりの間には、そこにいるはずのない、あるはずもないカミーユの水死体の像があらわれる。

ローランはテレーズが横になってしまうまで待ち、自分はベッドの手前のふちに、おずおずと身体を横たえた。ふたりのあいだには、ひろいすきまができていた。そこには、カミーユの死体が横たわっていた。……手がカミーユの身体にふれ、崩れかかった、緑色の、肉塊のような身体の、横臥したすがたが目に見えてきて、腐肉の山から発散する悪臭が鼻をつく。……ローランはときどき、テレーズを両腕にはげしく抱きしめようと思った。だが、思いきって身体が動かせない。手を伸ばしたら最後、きっとカミーユのグニャッとした肉塊をつかんでしまうだろう。

（下　三六－三七）

情欲が憎悪に変わり、テレーズとローランはとうとうたがいを殺害しあい骸となって横たわる。それを、ラカンばあさんが見つめている。カミーユの母親である。卒中の発作を起こし、目玉以外の身体の自由をうしなっている。外部に自分の意志を伝達することはまったくできない。ばあさんは、ただの目玉だ。

死体はもがきつづけてのびた格好で、一晩じゅう食堂の床の上にころがり、ランプの笠が落とす黄色っぽい光にてらされていた。そして、約一二時間、翌日の正午近くまで、ラカン夫人は身体をこわばらせて無言のまま、み飽きることもなく、暗いまなざしでにらみつけながら、ふたりの死体をじっと見つめていた。（下 一四九）

ただの死体はどこまでいってもただの死体だ。目玉以外動かせないラカンばあさんの怨念には、手が届かない。モノを捉える視線がモノとむかいあっている。ただの目玉とただの死体が、あざやかに対立している。人間の身体をただの物体と見る。そして、意味の過程からきりはなす。せいぜい、見世物商品が流通過程の一部で持つ意味だけを与える。「死体劇場」の出し物と見る。『テレーズ・ラカン』の最後には、この見解がふたたびしめされている。モノとモノを捉える視線の二元論的対立に支えられて、死体をただの死体とする見解である。

だがそれだけではない。ラカンばあさんの目玉と、死体に残留するネガティブな生命とは、憎悪の情念によって結合されている。人間の身体には人間と人間の関係から生じる意味が付きまとっている。ときには付きまとう意味こそが原因となって、「グニャッとした肉塊」が生みだされさえしたことも、はっきりと想起される。死体をも、意味が充填された何かであると感じる感じ方である。

ただの目玉に対応するただの死体。意味の効果としてあらわれ、ありもしないのに触ることさえできる身体。『テレーズ・ラカン』の幕切れに同居して、忘れがたい印象を残すのは、死体としての身体と意味としての身体、ふたつのあいいれない身体である。これは死体と意味の戦いの物語である。

ゾラ

もっとも、自然主義文学理論家としてのゾラの見解では、この戦いは死体の一方的な勝利に終わるのである。彼は、モノも人間の身体も頭脳もこころも同種のメカニズムにしたがっていて、しかもモノがしたがうメカニズムがもっともシンプルだから、それを見る見方を人間のこころにも拡大しなければならないと主張した。人間は、ただの目玉が見つめるただの死体でなければならない。

「実験小説論」でゾラの言うところは、単純明解だ。彼は、モノについて成立する認識の手法が、人間のこころについても成立すると主張する。それは、基本的には同じ種類の原則が、生物と無生物をひとしく支配しているからだ。「たとえ生命現象には非生命体には見られない複雑性があり、見たところ非生命現象と異なっているとしても」、そうした違いは究極的には「決定論によって説明できるような条件の違いにすぎない」(Zola 一二)。そこで、「もしも実験的方法を、科学や物理学の領域から、生理学や医学の領域にもちこむことができるものならば、それを生理学から自然主義小説にもちこむこともできる」(一四)と言える。したがって、「生命体の決定論に到達するためには、非生命体の決定論から出発しなければならない」。そうすれば、「同じ種類の決定論が、路傍の石と人間の頭脳とを説明することになるだろう」(一七)。

「同じ種類の決定論」とは、部分の集合体が全部であり、部分と部分はおたがいに独立した実体であり、部分と部分のあいだには片方が原因、他方がその結果となるようなシンプルで明瞭な機械論的関係が成立している状態を言う。そしてそういう状態を見通す眼力のありかたを言う。そこでは、「人間の身体が機械であり、実験者の意のままにそのしかけを分解したり再度組みたてたりできるということの証明」が可能だろうし、そうすれば、「つぎにわれわれは人間の情熱や知性のはたらきに進むことができる」(一六)のである。

人間の身体も、こころのはたらきも、人間たちが作る社会や文化のしくみも、じゅうぶんにていねいにそれらを構成する部分を吟味し、路傍の石のようなモノについて成立する部分同士の関係の確定(決定論)を行えば、すべてを了解することができる。一見したところ、これははげしく一元論的な思考に見える。人間のこころを含む万象は、ひっきょう、モノにすぎない。伝統的な自然主義文学観は、自然主義とはそのような観念を立証しようとする文学であると規定してきた。

だが、徹底的にシンプルなこの一元論的な思考は、興味深く、しかもやっかいなパラドクスを潜ませている。

モノがモノとして存在すると考えるとき、モノをモノとして認識する認識主体の存在が、モノとは断然別種のものとして前提されている。「精神を物体からきり離し、コギトの原理にたって経験世界の認識主体(悟性)による構成を志したデカルト」(丸山 四二)が言う、「たとえ身体がまるで無いとしても、このものはそれがほんらい有るところのものであることをやめないであろう」ような「考えるということ」すなわち「精神」である(デカルト 四六)。身体をただの身体と見る見方がはたらく場所である。精神という外部の視座がなければ、身体という対象は存在しない。

ゾラはデカルトの伝統に属している。ゾラの一元論は、身体と精神とを徹底的に分離する二元論の主張を、暗黙のうちに前提としている。精神と身体の分裂と対立からその派生物としてうみだされる、これと構造的に相同な区別は数多い。モノをモノとして認識する客観的な認識の方法（頭脳のはたらき）と、熱い情熱その他の情動のはたらき（こころのはたらき）との対立もそのひとつであるし、心理の領域における理性と欲望の区別は、哲学の領域における身体とこころ、文化の領域における自然と文化、宗教の領域における事実と価値、そして政治の領域における公と私の区別とならんで、近代のリベラルな世界が混沌と崩壊を逃れるためにあみだした、かけがえのない生活の知恵であるとさえ言えると、スタンリー・フィッシュは言う。

事実と価値の対立を心理的な形式におきかえたものが、（形式的普遍性であるところの）理性と欲望の対立である。リベラルな世界では、個人は（ロベルト・アンガーが『知識と政治』のなかで言うように）「われわれにはわれわれが何を欲しているかを決定することはできない」という意味で恣意的な欲求の束である。つまり、われわれには「われわれが欲することの内容を正当化するために理性を用いること」は、できない。その理由《リーズン》は、理性《リーズン》には欲望がないからだ。そうでなければ理性とは言えない。……理性はみずからを危険にさらすことなくして欲望に真剣な注意を注ぐことはできないし、欲望はみずからを否定することなく理性に言及することはできない。

リベラルな自己の根本構造であるこの理性と欲望の対立を、リベラルな政治は(模倣しつつ)仲介する。そして、人間の行動をふたつの、対立し究極的には融和させられない領域、公共の領域と私的な領域に二分する。(Fish 四〇五)

客観的認識主観と情熱を含むこころのはたらきの対立があってはじめて、客観的認識主観が客観的認識主観たりえるような、理性と欲望の対立があってはじめて、理性が理性たりえるような、厳格で徹底的なふたつの領域の分離。ゾラの一元論は、こうした二分法にひそかに依拠しつつ、片方の領域を特権化するような一元論である。

したがってここには、自らの主張のもっとも根本的な前提を、表面上の主張によって突きくずすという論理的な矛盾がある。対象(自然、モノ)を成立させる外部の視座(文化、こころ)そのものが、対象の一部だという主張が行われているからだ。ふたつのものの存在を前提として、世の中にはひとつのものしかないと主張しているからだ。

　モノを見る見方を用いてこころをもモノの一種として説明しようとするゾラの自然主義的な一元論は、もしも説明が成功したならば説明の出発点が崩壊してしまうという滑稽な構造を有していることになる。それは、こころをモノとは完全に別種のものと想定して説明にのりだしたに違いないのに、そのこころをモノの一種であると証明しようとしている。説明の出発点が崩壊すれば、モノをモノと見る見方も存在できなくなる。モノさえもモノだか何だかわからなくなる。ゾラ的な一念の持ちようは、滑稽でありまた壊滅的な破壊力を秘めている。

　幸か不幸か説明に成功しなかったら、かくされていた二元論的な分裂と対立が露見する。『テレーズ・ラカン』におけるように、意味を剥ぎとられた物質性としてのただの死体（「死体劇場」）と、物質性を剥ぎとられたただの意味としての死体（「グニャッとした肉塊」の感触）が、何の苦もなく共存することになる。

　この区別がなくなったら困るとでも考えたのだろうか、伝統的な自然主義文学観では、身体とこころ、自然と文化、事実と価値、理性と欲望、公共の領域と私的な領域といった二元論的な区別は前提としてゆらがない。その上で伝統的自然主義文学観は、自然主義文学が前者の項の優越を主張し、実践する、と考えてきた。ただし、たとえば自然の文化にたいする優越の主張も実践も、それらの区別を混乱させるほど深刻なものとは考えられていない。

アメリカ自然主義文学の研究の歴史がそうである。ラルス・アーネブリンクはゾラのアメリカ自然主義に与えた影響を丹念にたどる（Åhnebrink）。ドナルド・パイザーは（評判の悪い）決定論哲学にもかかわらず、個人の自由意志の発露をそこここに発見して、アメリカ自然主義を弁護しようとする（Pizer, *Realism and Naturalism*）。決定論と自由意志という対立の立て方が、理性と欲望という二元論の変奏にすぎず、自由意志をもちだしても（評判の芳しくない）決定論を強化することとさえあれ、それをうちやぶることは構造上できないなどとは、どうやらパイザーの想像のおよぶところではないらしい。自然主義文学の研究は、これでは自然主義の哲学と同じ土俵の上に乗ったままで、それを批判することも、その秘めた破壊力を鑑賞することも、とてもおぼつかない。

マイケルズ

ゾラのような一直線の一元論のアメリカ自然主義文学における帰結が、滑稽な破壊力を持っていることに、はじめて実質的な関心をそそいだのは、ウォルター・ベン・マイケルズである。自然主義はモノ中心主義的見地一本槍の説明を心がけているはずなのに、それでは説明のつかないパラドクスが、方々に見いだされることに彼は注目した。意味をすべて剥ぎとられた物質性と、物質性をすべて剥ぎとられた意味とが、こみいった組み打ちを演じていて、かならずしも意味をすべて剥ぎとられた物質性が毎回大勝利を収めているわけでもないことに気がついた。

マイケルズの著書『金本位制と自然主義のロジック』の表題論文「金本位制と自然主義のロジック」は、「金《きん》は貨幣それ自体である。したがってぜんぜん貨幣ではない」、つまり意味をすべて剥ぎとられた物質性が偉いという考えと、「なにものも貨幣それ自体ではない。したがってなんでも貨幣になれる」、言いかえれば物質性をすべて剥ぎとられた意味こそすべてという考えが、自然主義のロジックを構成すると主張する。このふたつの考えは、たがいに対立する相反する考えであるが、それにもかかわらず自然主義であれば、つねに同時に支持されている、と主張する。

貨幣は、言うまでもなく、何かを買う力を持っている。この力はどこから来るのだろう？　金貨こそが貨幣だと考えることにしよう。そう考えることは、たとえば牛肉と同じように、金には人間の自然な欲望を喚起し、それを満足させる力があり、金が貨幣として有する力は、結局のところ人間のこの自然な欲望を満足させる力に由来すると考えることである。この考え方にたつとき、ひとは貨幣の消滅を夢想あるいは恐怖することができる。貨幣経済からの脱出、貨幣経済の消滅を夢想することができる。なぜなら、ここでは金の消滅を空想することができるからだ。その証拠に、牛肉のこの世からの消滅を容易に想像できるではないか。

一八九六年、アメリカ大統領選挙の最大の焦点となった金本位制をめぐる論争は、貨幣の力の根拠をもっぱら金という希少金属に求める黄金虫《ゴールドバッグ》の共和党と、金ほど希少ではないがじゅうぶん希少な銀にも本位貨幣の地位を与えて貨幣の流通量を増大させようと主張する銀貨無限鋳造論者ウィリアム・ジェニングズ・ブライアンの民主党のあいだで、はげしく戦わされた。だが、当時どんなにはげしく戦ったにしても、この両者は貨幣の力の根拠を貴金属の持つ自然な力に求める点ですこしも異ならない。彼らは、貨幣を牛肉と同じものだと考えている。それはつまり、貨幣を貨幣だとは考えていないということだ。意味ではなくてモノだと考えているということだ。

さて、フランク・ノリスが創造したマクティーグは、金を患者の歯のなかに埋めてしまう歯医者である。彼はこうして金の流通を減少させている。また彼は、トリナからとりあげた金貨を砂漠のなかに持っていって二度と貨幣として使えなくしてしまう。

彼は金と金貨の消滅に貢献している。さきほど見たように、金本位制論者などの貴金属貨幣論者だけが、貨幣経済からの脱出とその消滅を夢想することができる。だから、マクティーグは金本位制の主張を生きている。

もう一方の考え方に移ろう。貨幣経済というシステムのなかでは、貨幣は他の商品の価値を計るはたらき、リプリゼンテーションのはたらきによって貨幣である。このはたらきは、牛肉が持つような自然な力とは種類が違う。ひとは金貨をペンダントとして首から下げて喜びを覚えることはできるが、一ドルというはたらきをペンダントにすることはできない。したがって、貨幣というはたらきそれ自体であるモノはない。貨幣それ自体であるモノはないということは、何でも貨幣になれるということである。この考え方では、貨幣のはたらきは諸商品間の交換体系というシステムの成立の後で出現したように見える。しかし、いったん出現すれば、それはもはや所与となる。最強なのは、リプリゼンテーションである。

『マクティーグ』では、この立場をユダヤ人の屑屋ザーコウの振る舞いが代表している。ザーコウは屑を収集する。しかし彼はそれを貨幣に換えるのにさほど熱心ではない。屑は何かの目的のための手段ではない。かといって屑がそれ自体として彼の収集の目的だというわけでもない。彼は屑を金の代わりに集めているのだ。貨幣経済にあっては、貨幣を代理表象するものは金であってもいいし、屑であってもいい、なんでも貨幣になれるということを、するどく洞察した彼が集めているのは、リプリゼンテーションのはたらきである。

ザーコウが集めているのは、リプリゼントするモノではない。リプリゼンテーションのはたらきである。

マイケルズは、人間の「原始的な欲望」を論ずるウィリアム・ジェイムズを紹介する。人間は、生理的な快楽を感じさせる自然なものを愛するが、また人間が作ったものに似た自然のものも愛する。こうしてジェイムズはまず、自然と価値の連続性と同一性だけを主張する「ハード・マネー・ファンタジー（金本位制）」を退ける。だがだからと言って彼は、自然を真似したモノに価値の根拠を求めているわけではない。彼が人間の原始的な欲望の対象として指定するのは、人工のモノではなく、「真似するはたらき」である。

ジェイムズによれば、われわれはもともと自然に魅了されているわけではないものの、人工物にもともと魅了されるわけでもない。人をひきつけるのは人工的なものの自然によるリプリゼンテーションである。……われわれはモノをモノ自体として欲するわけではないが、かと言って最初にモノのリプリゼンテーションへの欲求があるわけでもない。われわれが欲するのは、リプリゼンテーションに似て見えるモノそれ自体なのだ。別の言い方をすれば、最初にリプリゼンテーションそのものが自然であるという幻想があるのである。この幻想がなければ、われわれはリプリゼンテーションにも自然にも、ともにどういう種類の興味を抱くこともないだろう。(Michaels, *Gold Standard* 一五七―五八)

それは、自然と自然でないものの関係であり、モノではなくてはたらきである。「もののの存在論的な一部としてのリプリゼンテーション」(一五九)とは、こうして、ふたつのモノの関係である表象のはたらきこそが、表象されるモノが存在していることの一部であるということである。

このようにして『マクティーグ』には、片方にけちんぼが金を愛するのはそれが「貨幣それ自体」だ(したがって「ぜんぜん貨幣ではない」)からだという、意味を剥ぎとられた物質性の主張が、他方には何ものも「貨幣それ自体」ではありえない(ということは「何でも貨幣になれる」)という物質性を剥ぎとられた関係性から生じる意味の主張を金がエンブレムとなってあらわしているので、それをけちんぼが愛するという考えが、表明されている。

こうして、『マクティーグ』のなかには、ふたつのとてもおおきく異なったけちんぼ観とけちんぼの金への愛の捉えかたが存在する。かたほうの見方によれば、けちんぼが金を愛するのは「それが貨幣そのもの」だと考えるからである。黄金《ゴールド》虫《バッグ》の共和党や銀貨無限鋳造論のブライアン派と同じように、このけちんぼは貨幣の価値をその材料の物質と同一視する。もうひとつの見方によれば、けちんぼが金を愛するのは、それが何ものも「貨幣それ自体」になることなどできないというこことを簡潔に象徴しているからだ。ガラクタのなかに金を見るけちんぼは、何ものも貨幣になることはできないという主張を、何でも貨幣になることができるというあたりかまわぬ可能性に変容させる。そしてけちんぼがこれを行うとき、彼はジェイムズとともに、物質と価値のあいだに潜む裂開ばかりでなく、あるものの材料とそのものが一体何であるのかのあいだに潜む裂開に、とことんこだわっているのである。(一五九)

このふたつの考えは、どちらかが他方の優位に立って、人がどちらかを選び、どちらかを捨てうるものとして対立しているのではない。マイケルズの議論の結論部を引用してみよう。

自然主義とは、きれいなものと珍しいものとか、モノとリプリゼンテーションとか、貴金属貨幣と紙幣とか、獣と魂とかの一連の対立をなんとか骨を折って解決しようとすることだと言えば、いちばん適切なのかもしれない。とは言っても、こうした二項対立の獣的な側(文学史がふつう自然主義とむすびつける側)を選んだ者を自然主義作家と言うのではない。すこしでも一貫してどちらかの側を選びつづけた者を自然主義作家と言うのでさえない。自然主義の一貫性、いや本質は、これらのロジックとこれらのロジックがたがいに立つ対立的な関係のなかにある。(二七二—七三)

この議論は、つぎのようなポスト構造主義のよく知られた主張と同一の構造を有している。デリダによれば、ロゴス中心主義の伝統では、声と書字とは対立し、生き生きとした現前である声が根源となり優越している。書字は声の派生物であるとされる。しかし、この伝統を転倒してつぎのように言うことができる。声(現前)は書字(差異）の性質を多分に持っている。声が声としての同一性を獲得するためにはこの書字の性質を書字におしつけ、その意味で書字に依存しなければならない。だから、どちらが根源であり優越しているとは言えない。結局［声／書字］というシステムの成立を待ってはじめて声は発見されるのであって、声を原－書字の効果であるということができる。

原－書字＞［声／書字］

マイケルズがとりあげる「人間＞［肉体／魂］」とか「商品＞［使用価値／交換価値］」とか「貨幣＞［材料／はたらき］」などの「自然主義のロジック」は、「自然主義のロジック＞［モノ／表象］」という構造を共有している。そこでは、優越項（自然項）が、劣位項（人工項）との対立を前提としている、すなわち劣位項の痕跡をみずからのうちにつねにすでにとどめているという意味で、システム項に支配されている。根源はかならず事後に再発見される。

ゾラの理論を巡る議論にもどって言うなら、優越項の中に劣位項の痕跡があるというのはすなわち、（自然がすべてであるという）一元論的な主張は（自然と文化を対立させる）二元論的な前提に立っている。そしてすべての二元論がそうであるように、自然／文化という自然主義の二元論も循環論的過程を内在させていて、自然主義の、モノの特権化一本槍の、一見割合に単純な主張も、構造的堂々巡り要因を抱えこんでいるということだ。

こうしてマイケルズは、決定論から、決定論を可能にする枠組へと、問題の焦点を正しく移動させた。彼は結局のところ、アメリカ自然主義では自然と表象の二項的な対立がディスコースの場を提供していると主張する。矛盾しているはずの両方の項が同時にその正当性を強調されていると主張する。自然によってすべてが決定されるという議論が行われているという見方も、表象がすべてを決定するという議論が行われているという見方も、ともに十分ではなく、循環的な過程がここにあると主張する。ただし、むろん、それは対立項の分離があってはじめて可能な、あるいはむしろ対立項の分離があったからこそ発生する循環の過程である。区別しているのに混同が起こるのではなくて、区別するから混同が起こるのである。

パラドクス

こういうふうに見ると、アメリカ自然主義小説を全体として見たときに気にかかる論理的主張と実作とのあいだの不整合も、テクストの諸処に発生する一見パラドクシカルな事態も、矛盾やパラドクスではなくて、いわば必然となる。

たとえば、ノリスは「ロマンティック・フィクションを弁護する」で、「リアリズムは〔隣人の〕玄関マットのうえで挨拶をして立ちさり、《あれが人生だ》と私に言う。……ロマンスは客間に五分間以上とどまり〔はしない〕。ロマンスは二階におもむくであろう。……そして寝室のクローゼットのなかをさぐり、覗き、熟視するだろう」と述べる(Norris, "Plea" 一一六六–六七)。パイザーはそれを受けて『十九世紀アメリカ文学におけるリアリズムとナチュラリズム』のなかで、『マクティーグ』を例にとり、ポークストリートの生活は「リアリズム」の規定に対応し、ありふれていて規則的で反復的であり、その日常生活の下に異常なものが氾濫しようとしていると言い、「日常」と「異常」をはっきりと区別する(Pizer, *Realism and Naturalism* 一三)。

だがそのような主張は、『マクティーグ』を読むときトリナ(日常)を基本的に無視してそれをマクティーグ(異常)の物語だと考えてしまうということを意味する。

そしてさらに重要なことに、日常から異常に移行する、あるいは元来異常な日常生活を営む、または日常的な異常を生きるトリナについて思考することができないということを意味する。これが読者の体験するテクストの印象とくいちがうことはあきらかだから、ノリスやパイザーの言っていることは、実作に裏切られているように見える。

ジャック・ロンドンの「生命への愛」の結末近く、歩くこともできず海辺をはいすすむ主人公を発見する北極圏の科学的探検隊は、このモノを分類できず記述できない。だがこの芋虫のような存在は、ずっと時計だけは手放さず、一日何マイル進めるか計算していた芋虫なのである

毛布はどこかへいってしまった。ライフルもナイフもなくなっていた。帽子もどこかでなくしていて、帽子のベルトにしまってあったマッチの束もなくなっていた。……彼は時計を見た。一一時をしめしていて、まだ動いていた。彼はそれを巻きつづけていたにちがいない。……食料のことを考えても、いい気持ちさえしなかった。彼の行為はすべて理性だけによってなされていた。……その夜、輝く海を暗黒が消しさったとき、彼は海に四マイルほどしか近づかなかったことを知っていた。(London, "Love of Life" 一八一)

またたとえば、トリナを襲うアルコール中毒のマクティーグは、獣なのに「起重機のようにやすやすと」ものをもちあげ、「解きはなたれたバネのような速さで」こぶしをくりだす機械として表象される。しかも彼は、神経質なほどていねいな時刻の記述に乗って、まるで列車のようにトリナのもとにやってくる。人間よりはるかに獣に近い肉体的能力を持ったロンドン、『シー・ウルフ』のウルフ・ラーセン船長は、古今の人類の知識を脳のなかにつめこんでいる。凍死寸前の同じくロンドン、「焚火」の主人公は、寒さのために自分の肉体の「配線がダウンした」と想像する。そこでもここでも二元論的対立のふたつの項の区別がうしなわれているように見える。

現実とリプリゼンテーションとの混同も、ひろく観察される事実である。ノリスの『ブリックス』で、新聞記者のコンディーは、『シティー・オブ・エヴェレット』号をサンフランシスコの港にたずね、そこでマクファーソンという名の老船員にあう。コンディーに同行した女友達のトラヴィスが、若い女性の古い写真に気づく。昔セイロンの近くで難破した船の浮きあがってこない水死者を捜索して、深く潜ったことがある。一九歳の総督の娘が、船室の椅子に腰掛けて、生きているような姿でいるのを見つけた。私は彼女をそのままにして浮上したが、その娘を忘れられなくなった。のちに見つけた写真をだいじにしつづけている。そうマクファーソンは語る。このマクファーソンと同じように、家具の名前を字に書いて壁に張るヴァンドーヴァー、マライア・マカパの金の食器の話を金の食器のように愛するザーコウ、ミニチュアの女の絵に恋をして新妻を娶る『オクトパス』のデラクエスタ親方などがいて、ノリスの物語は、現実とリプリゼンテーションを混同するこの手の話に事欠かない。ノリスばかりではない。ロンドンの登場人物は、マーク・セルツァーが指摘するとおり、数値や地図の海に住んでいる（Seltzer, *Bodies and Machines* 一四）し、セオドア・ドライサーの創造した『シスター・キャリー』のハーストウッドはアパートの外の世界で生きるのをやめて、そのかわりに毎日、新聞ばかり読んでいる。

登場人物の振る舞いばかりでなく、自然主義のディスコースそのものが、言語表現と表現される対象の区分を、しばしば忘却しようとする。時計のように規則正しい生活を代表していたトリナは、やがて時計が止まるときの音を立てながら、時計として死ぬ。そのとき、言語が生命の生々しさを手に入れるのとひきかえに、対象世界は生命的なアクチュアリティーをうしなう。

だが、マイケルズが言うように、《区別しているのに混同が起こるのではなくて、区別するから混同が起こる》のであれば、これらの事態は例外ではなくて必然である。

じっさい、このラインの優れたしごとをわれわれはすでにいくつも目にしている。マイケル・フリードは、紙のように白い死体の顔を傷つけるスティーヴン・クレインの物語が、紙のうえに字を書くプロセスを演じていると論じて、自然主義文学における現実と表象行為の見わけがたさを指摘する (Fried)。セルツァーは、生産過程を一定の方法で表象したものであるマネジメントをテイラリゼーションが生産過程そのものの一部としてそのなかにくみこんだように、アメリカ自然主義小説では表象されるものと表象の境界、自然と文化の境界が溶解し距離が消滅すると論じている。文化は自然の一部であると断ずる自然主義の自然は、逆に不自然な自然であると論じている。いまや、マイケルズの言う「自然主義のロジック」は、新しいパラダイムとして定着したと言っていいだろう。

本書は、このパラダイムの提出以降の状況下で、アメリカ自然主義小説について考えてみようとする試みである。そうした状況下で、しかも日本にはすでに大井浩二、丹治愛等の優れた研究(1)があるなかで、さらにこの主題について論じようとする以上、自らがどういう意図で存在しようとしているかの説明が必要だろう。

本書の主要な関心を三つのグループにわけることができる。

第一に、《区別するから混同が起こる》のがほとんど必然であるとすれば、決定論を論ずる新しい枠組自体がなんだかずいぶん決定論的に見える、という問題がある。ブルック・トマスが『金本位制』について、簡潔で批判的な、すぐれた書評を書き、マイケルズの作りだす秩序は最終的には歴史ではなく芸術の秩序であると述べている(Thomas)。芸術の秩序であって歴史の秩序ではないということを、私なりに解釈すれば、それがなんらかの種類の形式的秩序への関心のなかに徹頭徹尾とどまり、そのために人間の営みが動いていくという事態をとらえることができないということ、生成と流動の事実をすくなくとも結果としては見えなくしているということだ。またジェラルド・グラフは、マイケルズの作業が、たとえば資本主義イデオロギーの外部を捨象し、すべてをこのイデオロギーのために接収すると批判する(Graff)。

マイケルズの論理にも彼の言う自然主義のロジックにもたしかに外部はない。二元論的対立の反対側に移行してもしかたがない。外に出ようもなければ、向こう岸に渡りようもない。人間は動けない。だが、くり返しになるかもしれないが、人間は自然主義の言うような理由で動けないのではない。人間は自然の過酷な論理から逃れようがないのではなくて、自分で作りだした(自然と文化を対立させておいて自然をより根源的と見るような)二元論的思考の罠から逃れられないのである。人間をモノだと考えてそのラインで徹底的に説明してみようというゾラの野望であるならば、それは一〇〇年以上も前のどう見ても多少古ぼけた観念で、現在の私たちには骨董じみた興味の対象でしかないということになる。だが、マイケルズの言うような意味で自然主義のロジックに外部がないのだとすれば、それは今でもおおいに私たちの問題でもあるだろうと、私は考える。

システムが原理的に外出を禁じているとき、そのなかにいることがいやになったら、いることをやめてしまうほかはない。

自然主義において、自然ではなくて人間の文化のほうが、往々にして徹底的に機械的で過酷である。モノというよりもモノを見る見方のほうが、よほど無機的で機械じみている。そうした過酷な原理のひとつに、自然主義小説の登場人物の運動がある。自然主義小説の登場人物はずいぶんよく死ぬが、本書に収録した「宇宙の寒気」や「ハーストウッドの振子」は、これが運動のスイッチをオフにすること、いやになったからやめてしまうことであると、そして同時にそんなことでもしなければ処理できない構造への、それなりの、反抗であると論じている。

分解・組みたて・再利用

本書が第二に関心をよせるのは、モノを見るこの無機的で機械じみた見方そのもの、分解と再組みたてによる描写や構成の方法である。

モノにむけられた自然主義の視線は、徹底的に機械的な、部分を足し算して全部にいたるといった方式に支配されているが、そればかりではなく、ひとびとの心理や生活の原理にはじまって、小説の構成方法にいたる人間活動や文化の構造もまた、同じ方式の支配下にある。それは、ノリスのような人の意識的な発言から、登場人物の生活態度まで、極北でサバイバル闘争中のロンドンのヒーローたちの運動原理から、ドライサーのプロット断絶的プロット構成法まで、部品を組みたてたみたいな人物の性格にはじまって、情景を鮮明に、機械的に、そして無意味に描写する方法にいたるまで、そしてとりわけ時計の時間が支配する時間の感覚のなかに浸透し、自然主義小説のありとあらゆる場所を支配しつくしている。

それは、あるものの位置が標準化された客観的な尺度によって測られる座標系的な均質性によって特徴づけられる。画家の卵のヴァンドーヴァーは、四角い格子模様を手本の絵に押しつけて模写にはげむが、自然主義小説の空間は、セルツァーも指摘するように、グリッドによって区画された表象空間の介在によって把握される。『マクティーグ』冒頭のポークストリートにも『オクトパス』の冒頭にも聞こえてくるのは、一日の時間割の開始を知らせる時計やサイレンの音だ。自然主義小説の時間を管理するのは、時計が刻む時刻である。自然主義小説の時空間は、尺度が割りだした単位の集積体である。これらの単位は部品、時空間は機械である。

ところで、自然主義が時空間を機械ととらえることに、なんのふしぎがあるだろうか。機械は、狭義の自然主義にとどまらず、十九世紀的な実証主義が、いや科学的合理主義一般が客体世界にあたえる基本的なイメージではないか。それどころか、私たちの生活を根本からささえている自明な原理ではないか、と考えることは容易だ。だが、日々の生活のなかにおいてまで、機械という人工の産物が自然の世界の根拠の場所にいることの自明性は、いったん問いなおされればただちにふしぎと化して立ちあらわれるような何ごとかだ。深い自明性こそが、深いふしぎである。

というのも、このメカニズムは、空間や時間のような、近代の社会にあってそれ自体すでに座標系的に均質化されていることがふつうの、というよりも、生活全般の座標系的な均質化の担い手であるような、抽象化されたカテゴリーにだけあてはまるのではないからだ。フレドリック・ジェイムソンが言うように、このメカニズムは、自然主義小説一般の構成の原則であり、その具体的なあらゆる細部を、覆っている。そして自明化している（Jameson 一九〇）。

ノリスに「メカニクス・オブ・フィクション」と題する、短くてわかりやすい評論がある。「どうすれば一番じょうずに話が語れるか」という問題をあつかうこの評論が一貫して援用する比喩は、機械のしくみのそれである。物語のクライマックスは、「ブレーキが急にはずされて、一瞬のうちに機械装置の全体が、蒸気を精一杯あげてうんうん言いながら前進する」ときであり、小説の巨匠であればその瞬間に近づく「速度」は遅く、やがて「最初の加速のとき」が訪れると、その後は「出来事がどんどん加速する」結果、「旋回軸をなす事件」に到達する。こうした全体の「配線とはずみ車と歯車と発条」のしくみに気づかずに読む者は、その効果を「天才」や「霊感」に帰すだろうが、それは間違っている。「こつこつとした、緩慢で、忍耐強く、煉瓦をひとつひとつ積みあげるような」しごとだけが効果をあらわすのだし、「システム化によって改良できないほど芸術的な……作品はない」のだから、初心者にも「自分の作品を秩序化する」方法はある。一章ごとを、始め・中間・終りを備えた「はっきりと別々の単位」として書き、それぞれをひとつの小さな作品とすることだ（Norris, "Mechanics" 一一六一―六四）。

あらかじめ存在する単位部分のたんなる集積として成立するのは、小説ばかりではない。登場人物の性格も、彼らの日常生活も、そして彼らの五感、個別感覚のはたらきも、部品の寄せ集めからなっている。これらのものは、たんなる部品であるから使いまわしが利く。じっさいノリスでは、すでに書かれた文章の断片が使いまわされる(2)ばかりでなく、性格の一部が平気で移動して分身を生じる。動作のマンネリズムさえも、部品よろしく学習されるだけでなく、ときにはある人物に特徴的な動作が移動して他の人物に添付される。

マクティーグは、小説がはじまる日曜日の午後、「デンタル・パーラー」の出窓に面した歯科診療用の椅子で新聞を読んでいる。それは『ヴァンドーヴァーと野獣』第一二章のサッター・ストリートのアパートの場面と酷似して小説作法における部品の転用の例であるが、マクティーグという人物がすごすすべての日曜日もまた、おたがいに酷似している。小説を導入するのは、日曜日のマクティーグの「慣習と習慣」の描写である。

> 彼は〔これらの日曜日の午後を〕いつもかならず同じようにすごした。彼の楽しみは、食べること、たばこを吹かすこと、眠ること、そしてコンセルティーナを

奏でることに限定されていた。(二六三)

マクティーグが食べたり寝たりばかりしていて動物みたいだということよりも、彼の生活が同一の部品のくり返し使用によってできあがっていることのほうが重要である。動物は寝たり食べたりの肉体的快楽の奴隷かもしれないが、「コンセルティーナ」を奏でたりはしない。それに、楽器を演奏する人間がみんなマクティーグみたいに、「六曲しか曲を知らない」わけではない。

とりはずして使いまわすことのできるこれらの部品同士は、もともとごく便宜的にしか結合していない。言ってみれば、おたがいの存在に気づいていない。『シスター・キャリー』の終幕で、キャリーの存在にハーストウッドが気づかず、ハーストウッドの存在にキャリーが気づかないように、『オクトパス』の終幕で飢えて死のうとしているフーヴェン夫人の存在にジェラード家の豪華な晩餐の客たちは気づかない(二〇四八―六七)。フーヴェン夫人の死とジェラード家での豪華な晩餐の入れ替わりの進行には、『オクトパス』というこの小説の拙劣なディスコースの性質も、集約的にあらわれている。そこには、別々のナラティブが統合されずに交互にたちあらわれている。登場人物たちも、個々のエピソードも、ドライサーやノリスの意図は何であったにせよ、結果としてただ集積してひとつのテクストのなかに同居する。

自然主義小説を構成する諸部分は、取り外しと再配布が可能である。そして諸部分はおたがいの存在に気づいていない。このことは、自然主義小説の構成法や表現法とそこで描かれる世界の双方に、ともにおおむね妥当する。

一方で、登場人物の性格造形も、プロットの構成も、空間の描写も、取り外して再配布することのできるユニットの集積を提供するような方法で実現する。ロンドンの登場人物は変装や外科手術や教育によって容易に変身し、ドライサーのプロットは前後の見通しのまったくきかない時間のなかをさ迷う。個々の部分は夢魔じみて孤立した単位にすぎない。ノリスは都市の空間を社会活動や経済階層やエスニシティーで分類し、クレインは同じ空間をせっせと四角い窓の向こうの風景として切り取ろうとする。ロンドンの登場人物を襲う不幸の出現は唐突だ。不幸は藪から棒に襲う。いや、藪もないところから棒が出る。それまでは存在さえしなかった真空の環境に、暴力が突出する。ロンドンの小説のもっとも目覚しい特徴のひとつは、重要な出来事がかならず、何の前触れもなく起こることである。「焚火」の主人公は、どのような兆候も読みとれない氷の表面を、出し抜けに踏みぬいて川に落ちる。彼がやっとの思いでおこした焚火の炎は、いきなり頭上から降ってくる雪のかたまりによって消されてしまう。雪は、背後の木から落ちてきたと、あとで説明されるのだが、そんな木は、雪を落とすまでは、まったく存在しなかったのだ。

他方で、人間どうしの関係も、時間も、人物をとりまく環境も、描かれる空間も、身体の諸部分も、たがいの存在に気づかない個々別々の部分である。クレインの都市住民は協働することなく身体を密集させ、ノリスの時計はひたすらに瞬間時だけを定着させようとする。諸感覚もたがいに分離している。おたがいのことを知らない。崩壊した画家の卵のヴァンドーヴァーの手と目は、協調運動を拒否する。極北で凍死しようとしているロンドンの登場人物たちの、目は手のやっていることを、手は目のやっていることを知らない。クレインの視覚は他の諸感覚から独立して遊離する。五感はたんに集積して同一の肉体に同居しているにすぎない。

テクストのある部分は、他の部分に気づいていない。身体の一部やその担う感覚は、身体の他の一部やその担う感覚に気づいていない。ある登場人物は、他の登場人物に気づいていない。これらの現象群は、別々のことではない。ここでは、人間同士が協働しないのと同じようにプロットが断絶している。時間が連続的に経過しないのと同じように諸感覚が分離している。人格が統合されないのと同じように雰囲気が欠如して、その代わりに鮮明な細部が描写される。自然主義小説の構成の原則は、その描く人間生活一般の原則と、メタフォリカルな相同関係にある。

ここには、同時代の産業主義の文化がおとす色濃い影のなかにあって、生活全般の合理化の諸様相があきらかに凝縮転写されている。それも目的合理主義ではなくて、形式合理主義に変質し、純化された合理化である。

じっさい、ここにまずその欠損が感じとられるのは、目的である。ハーストウッドをはじめとして、彼らはじつに無目的に彷徨する。マクティーグも一見ほとんど目的もなく砂漠のなかを進む。ヴァンドーヴァーにもしも目的があったなら、あんなに落ちぶれはしなかっただろう。だが、目的もなく動いている人たちの代表は、やはりなんと言っても、ロンドンの極北旅行者たちだ。ユーコン河谷の町ドーソンで卵を販売してひと儲けしてやろうと思いたったラスムンセンは、雪原の旅に出る。競争相手も案内のインディアンもそり犬も全部参ってしまう。だが、ラスムンセンは参らない。「ここに彼がいて彼の一千ダースがあり、あちらにドーソンがある。問題に変化はなかった」(London, "One Thousand Dozen" 一〇七)、とこうまで目的に凝りかたまれば、もう目的自体の意味などうしなわれている。行動が自己目的化すれば、目的自体は忘れさられる。やがてラスムンセンが不滅の「エッグマン」として、極北の伝説と化す素地はじゅうぶんにしかれたと言うべきだろう。

部分の足し算によって全部にいたる、とさきほどからくり返している。部分の集積は全部であって全体ではない。部分の集積を全体でなくしているものの第一は、目的のこの欠損である。目的が、時の終着点から、現在の部分を有意味化することが、ここにはない。

ここにはまた、「お告げ」もない。部分の集積するレベルを、上のレベルから意味づける水準がない。現象のレベルに存在する部分に意味を与えるためのひとつの方法として、上のレベルからのお告げが訪れるというモデルについて、自然主義からやや脱線してフィリップ・K・ディックを例にとり、グレゴリー・ベイトソンの考えにふれながら論じることになる。

さきほど、「意味のない」描写と言った。部分と細部が充満してはいるものの、部分を組みたてたときの到達点が全部であって全体でなく、部分の集合には目的がなく、上のレベルからのお告げも到来しないこの世界は、エイミー・カプランが「具体的なのに実感を欠く」と評した（Kaplan, *Social Construction* 九）自然主義の描写、意味への読みかえを拒否する硬質な表面、「意味作用の根源的な欠落」（Hamon 一三〇）としてあらわれる。

機械の停止

　こうした状況への批判の試みが、本書の第三の関心事である。具体的な細部に生命的な意味を与え、部分相互の連関を支えて、その集積を全部でなく全体にするはずのもの、自然主義の文学に欠如しているものはなんなのだろう? それは、自然主義の文学を話題にするかぎり、その欠如を通してしか語れない何かであるのかもしれない。しかし、そのことについての考えがなければ、このようなものについて語っても、ひっきょう他人迷惑にしか終始しないし、何より私にとってこれ以上の無意味はないような気もする。

　そこで、マイケルズのアプローチを超える方向を模索する理論的な関心のアウトラインを素描したい。それは、精神病理学者、木村敏の議論に依拠している。木村は、認識がとらえるリアリティと、行為の場で生まれるアクチュアリティを区別する。

　「現実」を言い表す代表的な言葉として英語には「リアリティ」reality と「アクチュアリティ」actuality の二つがあることは、だれでも知っている。しかし、この二つはまったくの同義語というわけではない。それはこの二つの語の語源をたずねてみればすぐ分かることだ。「リアリティ」はラテン語の「レース」res つまり「事物」という語から来ていて、事物的・対象的な現実、私たちが勝手に作りだしたり操作したりすることのできない既成の現実を指す場合に用いられるのが原義である。これに対して「アクチュアリティ」のほうは、ラテン語で「行為」「行動」を意味する「アークチオー」actio から来ている。だからそれは現在ただいまの時点で途絶えることなく進行している活動中の現実、対象的な認識によっては捉えることができず、それに関与している人が自分自身のアクティヴな行動によって対処する以外ないような現実を指している。（木村 二八―二九）

同様に彼は、対象的に認識することのできる「モノ」と行為の場で感性や体験に訴えかけてくる「コト」、自分の身体的存在に着眼して言う「みずから」と自分自身の本来のありかたの発現としての「おのずから」、五感のそれぞれを別個に見たときの「個別感覚」とそれらすべてを統べる別種の感覚としての「共通感覚」、その他多くの二項的な区別をたてる。

さてしかし、木村は、「これらはいずれも単純に二元論的な二項対立ではない」と言う。これらのあいだには、「対概念のどれをとってもすべて通底する」ような「謎めいた二項間の関係」があると言う（一二五）。というのも、「通常の状態ではアクチュアリティに支えられていないリアリティなどというものは存在しえない」し、「コトの方もやはり、私たちがそれをコトとして現に経験しているかぎり、ふつうはかならずなんらかの形でモノに担われている」（一三一）からだ。これらの対概念のあいだにある差異は、『テレーズ・ラカン』において意味をはぎとられた物質性としての死体と、物質性をはぎとられた意味とが妥協の余地なく対立しているのとも、マイケルズの構図においてモノとリプリゼンテーションとが明瞭に対立しつつ、（たがいを自らの中に差異として抱えこみ、そのことによってみずからを成立させて）平然と同居しているのとも違う差異のありようである。

木村は、「存在者と存在それ自体との差異、在るものと在ることとの差異」は、「単なる二項間の平面的な《相違》ではない」と言う。「この《差異》」は「《位相》の違う二つの項のあいだの関係」であり、「だからこそ、……この二つの項〔は〕つねに互いに重なり合い、互いに一方が他方を《汚染》しあってい」ると言う（一三三）。

このように木村の見解では、この「位相」のちがうふたつの項の関係では、どのようなリアリティもいくぶんかはアクチュアリティであり、どのようなアクチュアリティもいくぶんかはリアリティである。それどころか、リアリティがリアリティであるためには、それはアクチュアリティと連絡していなければならない。たとえば、個別的な自己が個別的な自己として成立するためには、それは個別の生命体を包摂しつつそれを超えた「生命」一般と連絡していなければならない。

リアリティ、個別の現象、個別の生命、「今」この時などなどが、そうしたものとして成立するためには、リアリティとアクチュアリティのあいだを結ぶ、ある名づけえぬ関係が存在している必要がある。この関係は、たとえば見田宗介が、「空間のかたちとしては、それぞれの〈場所〉がすべての世界を相互に包摂し映発し合う様式……時間のかたちとしては、それぞれの〈時〉がすべての過去と未来を、つまり永遠をその内に包む様式……主体のかたちとしては、それぞれの〈私〉がすべての他者たちを、相互に包摂し映発し合う、そのような世界のあり方」（見田 三三）と言うとき意味しているような関係である。木村の表現によるならば、

> 私の存在の主体性／主観性／自己性は、このようにして、個的身体的なリアリティとしての生命と、それ自体はモノとしての対象的認識を許さないコト的アクチュアリティである生命一般とが、私の身体を介して相接しているその界面に、いわばその両者の「あいだ」に差し挟まれた差異そのものとして、そのつど生起する

現象である。(一四〇－四一)

この木村の議論の基盤には、生命体の行為と生命体相互および生命体と環境との相互関係の角度からとらえられたアクチュアリティという非実体的概念がある。しかも彼は、この非実体的概念とリアリティの差異と接触というさらに言語化の困難なはたらきを、「人間に個別的自己という仮象を抱かせてくれる《原理》」(九三)であり、この「原理」が私たちに日常の生活を自然に送ることを可能にしてくれているという。「実証」の困難な議論であろう。しかも、その「原理」の障害が精神分裂病であると考える木村は、言うまでもなく臨床に出発し臨床に帰っていく治療者である。彼の議論はあくまでもその体験と密着している。精神医学の門外漢である私の、このつたない紹介が、いくぶんなりとも正確なものであるのかどうかは、心もとない。この紹介に説得力があるのかどうかは、さらに心もとない。私としては、私にはこれがこのうえなく正しい議論であろうと直感されると、今は言っておくほかないのだが、木村敏の議論を仮説として借り、それを枠組として見たときにはじめて明瞭に見えてくるいくつかの現象が自然主義文学にはあること、それはたしかだ。

ここには、身体と精神を二元論的に対立させるのでもなく、それらの間に循環的な過程を思い描くのでもなく、それらを階層的な上下秩序構造の関係に置くのでもなく、それらの中間的な領域を想定するのでもなく、それらを違いはするものの対立はしない「位相」の異なる関係にあると捉え、そのうえでそれらの界面に意味作用、生命作用の生成の場所を見ようとする、きわめてもっともな見解がしめされている。自然主義文学に、ほとんど戯画的に欠落しているのは、このようなあたり前の見地である。ここには部分と全部との対立、この場所とあの場所の区別、今と永遠との対立、私と他者との峻別はあっても、自らをその一部として含む全体と自らの差異と連接とはない。

ヴァンドーヴァーは絵の描き方をわすれる。

彼の指はやる気じゅうぶんだった。想像力のなかでは、彼はあるべき輪郭の姿をはっきりと見ることができた。だがどういうわけか、頭のなかにあるものを手にわからせることができなかった。かつて片方が他方にはたらきかけるときに用いていたなにか第三の媒体があったが、それの動きが鈍かった。いやそれどころか、それがいなくなったような気がした。……今度はもっと集中してやってみた。想像力は絵をさっきよりはっきりと捉えた。手はさっきよりも的確に動いた。しかしふたつはおたがいに関係なく勝手に行動しているようだった。キャンバスのうえに彼が作りだす形は、頭のなかにある形を適切に反映しなかった。残りのふたつをうまく同調させ、こころの命ずるところにすばやく確実な反応をよびおこす、何か微妙で捉えがたい第三の能力が、欠損していた。彼のキャンバスのうえの線は、絵を学びはじめたばかりの子どものものだった。それを見ればなにを描こうとしているのかはわかったが、それは粗雑で、そこには生命と意味がなかった。それを芸術にするはずの肝心のものが、なかった。(*Vandover* 一六六)

頭も手も、それぞれには絵を描く能力をうしなってはいない。だが彼は、「残りのふたつをうまく同調させ」る「何か微妙で捉えがたい第三の能力」を喪失する。そして絵は、「生命と意味」をうしなう。凍えて「配線がダウン」したロンドンの「焚火」の主人公が、目で見なければ手のありかがわからなくなったように、人間のこころや身体のひとつひとつのはたらきを結びつける力が、どこかに行ってしまうのだ。

存在しない何かによって本来結びつけられていたはずのものは、個別の感覚や個別の能力だ。対象の世界を分解し、組みたて、再利用しようとする自然主義が、モノを見るときに用いる見方の基本の単位、そのリプリゼンテーションの基本の単位、その運動の基本の単位だ。また、そうしたもののはたらきによって基本構成要素に分解された対象の世界であり、人物の性格であり、彼らの動作であり、はては小説のプロットである。

そしてこれらのもののあいだの関連がうしなわれている。

個々の部品はあるのに、全体が成立しないのだから、この関連は、部品と部品のあいだのたんに一対一の関係ではありえない。一対一の関係とは水準の違う、全体性を包括した水準に属する別種の連関であるにちがいない。意味の世界に生息する生命体だけが感じとっているはずの連関であるにちがいない。生命を帯びた主体はこの連関に参入し、生きるという行為にとっての自己とこの連関の関係を、意味として感じとっているのにちがいない。

ひとびとが、部品として一対一に対面するのではなくて、社会的生命体である人間として共有する世界で、「片方が他方に働きかけるときに」はたらく「なにか第三の媒体」のようなものを、木村は、さきほども触れたように、共通感覚と呼ぶ。個々の感覚や個別のモノを結びつけるはたらき、世界を共有させるはたらき、そして個別の事態やモノに生命感を帯びた意味を与えるはたらきである。「事物を感覚するというういとなみは」、視覚、聴覚、触覚、味覚、嗅覚などの「個別感覚だけでおこなわれているのではない。そこにはこれらの個別感覚の共通の基礎となっている、その意味で個別感覚よりも高次の、なんらかの総合的感覚がはたらいている」（一〇）。それは、私たちの世界に、生きることにとっての意味を与える。木村はさらに言う。

私たちが生きている世界は、レンズが捉えた光線や色彩、マイクロホンが集めた音波だけで構成されているのではない。私たちの住んでいる世界はなによりもまず、私たちの生存にとって意味のある世界である。それも言語的に分節して理解するような「意味」以前に、私たちの生活のひとこまひとこまをかたちづくっているような、私たちの「生きる」という営為にとって好都合であったり不都合であったりするような、そんな意味のある世界である。そのような意味は個別感覚では捉えられない。そのような意味をその知的な再構成に先立って直接に、あるいは直感的に捉える役割を果たしているのが共通感覚なのである。（一三）

自然主義に致命的に欠落しているのは、この連関である。自然主義文学の世界は、あきらかに「レンズが捉えた光線や色彩、マイクロホンが集めた音波だけで構成されている」ばかりでなく、認識主観と客体世界をいわば同一水準面で対決させている。

そこでは「汚染」の排除は、すくなくとも一見容易である。意味は主観に属し、死体は客体世界に属すると考えて、ふたつをあくまで対決させればよいように見える。しかしそうすることによって、結局は主観と客体、意味と死体が見分けがたく交錯する状況があらわれ、無意味な部分が浮遊する気色の悪い場面が頻繁に出現することになるのは、すでに見てきたとおりである。

自然主義はこうして、生命と意味のありかを、否定的な形式であざやかに提示している。

この否定的な形式は、自然主義文学の世界に一見したところの秩序を与えている分類と分解と再組みたてと再利用と座標系的均質空間と時計の時間が、その限界点に到達してしごとを放棄したときにあらわになる。自然主義の対象知覚の方法が機械に似ているとするなら、この機械はときどき止まる。運動は停止し、時計はこわれ、知覚はそのはたらきを放棄する。

こうした事態への関心は、本書を構成するすべての論文におおかれすくなかれ顔を出している。分解し再組みたてする視覚、分類する視覚が、急に自分の無意味を悟ったかのようにしごとを放りだし、突然うしなわれることがある。「見えないサンフランシスコ」はそうした事情を論じている。「宇宙の寒気」がとりあげる極北における運動の停止は、ロンドンの到達しうる認識の極北である。そしてそのむこうの虚空には、ロンドンがその欠損を察知しうるかぎりの意味の虚像が投影されている。

こうして、ヴァンドーヴァーは絵が描けないことで、ロンドンの主人公は動けないことで、ノリスは見えないことで、彼らに欠けているものの所在をしめす。しめされるのは、あたりまえの、奇跡に満ちた世界、あたりまえであるということだけが彼方と通じ合っている世界に生きることである。

自然主義文学に決定的に欠けた人間という社会的生命体の生活の意味の観点、そうしたバックグラウンドのなかでこそ、自然主義の文学とその文脈をなす文化について考えることが生きる役に立ちもするし、また自然主義の文学の特異性をあきらかにすることにもなると、私は思うのである。

注

（1）大井浩二の『アメリカ自然主義文学論』（研究社　一九七三）は、アメリカ自然主義小説のなかに決定論哲学に支配されたフランス自然主義小説理論の直系の子孫という側面ばかりを見ない。しのびよる機械文明によって「都会といわず自然といわず《牧歌》の可能性が完全に閉め出され」（七〇）た風景を描くこの文学は、アメリカが根源的に抱く矛盾を表現する土着的な性質も持っていると論じて正確かつ痛快である。丹治愛は、『神を殺した男―ダーウィン革命と世紀末』(講談社選書メチエ 一九九四)、とりわけ『マクティーグ』を論ずるその第三章「コリンズ殺人事件」で、純粋な機械論であるはずのダーウィン進化論自体に裂け目として潜む目的論的契機と、機械論的決定論に支配されているはずの『マクティーグ』に見え隠れする超自然的なものの姿とを、たくみに重ねあわせて論じている。

(2) ジェイムズ・D・ハートは、ノリスがハーバード大学の創作作文コースに提出した文章の調査に基づいて、『ヴァンドーヴァー』と『ブリックス』、『マクティーグ』、それどころか一九〇一年になって書かれた『ピット』にも、同一の文章が存在することを指摘している(Hart 二一―二二、四六、四八)。

I　運動

宇宙の寒気
――ジャック・ロンドンと運動の凍結

クロンダイク地方の大地は白い。

北の方角も南の方も、彼の視線の届くかぎり、とぎれることなく続く白だった。ただわずかに髪の毛のような一本の黒い線が、曲がったりねじれたりしながら南の方のスプルースに覆われた島陰からあらわれ、曲がったりねじれたりしながら北の方へ遠ざかっていって、もうひとつのスプルースの島のうしろに姿を消していた。(London, "To Build a Fire" 二八二)

「焚火」(一九〇八) の主人公は、物語の冒頭、純白の荒野を移動する黒い点である。物語の終りで、彼はコチコチに凍って動かない白い点である。動かない男に「向かいあって座り、待っている」犬が「これまでに人間がそんなふうに雪のなかに座っているのを見たことがない」(二九五) と思う男の姿は、死の直前の男の心にうかぶ「完全に凍った彼の身体のビジョン」(二九四)の実現にほかならない。
なぜなのだろうか。やや不思議な気もする。というのも、ジャック・ロンドンは流動性の作家だからだ。彼自身の人生が、上方への社会的流動性の深刻で滑稽な戯画のようだっただけではない。彼の書きのこした膨大な量の物語群では、時間は流体と化して幻想的にナラティブ・スピードが上がり、人格は流動化して分身譚が満ちあふれる。

コチコチに凍りついて動けない人間の死は、この流動性がうしなわれたときにおとずれる。

ロンドンの場合、人間の生命とは、動きつづけ、流動しつづけ、流体のなかを浮遊しつづけようとする運動の力だ。「命のエッセンスは運動」(*Sea-Wolf* 九一)であり、「すべての運動は最後には運動の停止にいきつくという決まりにいつも反抗している」のが「生命のなかでもっとも落ちつきのない」人間だからだ(*White Fang* 九四)。

では、この運動は、何によって作りだされ、維持されているのだろうか。何がロンドンの登場人物たちを浮揚させつづけるのだろうか。

着せかえ人形

サンフランシスコのマーケット・ストリートの中央に、ケーブルカーをひっぱるケーブルの通る裂け目、「スロット」が走っている。一九〇六年の大地震前のこと、スロットの北側は上品な住宅街、南側は労働者階級の住宅、工場、それにスラム街である。フレディー・ドラモンドはカリフォルニア大学の社会学の教師で、研究の資料集めのために、工員のビル・トッツとしてスロットの南側に住みつく。南側の生活になれてくると、北側に帰ってきて書くフレディー・ドラモンドの論文の質も高くなってくる。堅物のフレディーと、みんなの人気者「ビッグ・ビル」・トッツは、まったくの別人格である。ビル・トッツには、労働組合運動をしているメアリー・コンドンという恋人ができる。

フレディーは、これ以上長く二重生活をしていると、もうフレディー・ドラモンドに戻れなくなるだろうと考える。裕福で有力な教授の娘との縁談が持ちあがり、ビルになってスロットの南側へいくのをやめることにする。だが、結婚式を二週間後に控えたある日、たまたま婚約者と一緒にデモ隊と警官隊の衝突に遭遇したフレディーは、婚約者の目の前でビルに変貌し、警官をさんざんぶん殴って、メアリーとともに人混みのなかに消える。その後、彼の消息を聞いたことのある者はいない。
「スロットの南側」(一九〇九)は、ロンドンの「変身もの」の典型的な形を提供する短編である。それはまず、「スロットは社会の階級の裂け目を表すメタファー」であり、「フレディー・ドラモンドほど上手にこのメタファーを越えて往復する者はいなかった」("South of the Slot" 四一七)のだから、ここでは他者は階級的な他者、変身は社会的流動性の寓話であるため、そしてつぎには、変身の達成がいとも容易であり、しかも変身は変装とほとんど同義、さらに変装は着替えとあまり異ならないほどたやすいためである。

フレディー・ドラモンドは、衣服とともに、苦もなく、立居振舞を変えた。変身のために用いていた目立たない小さな部屋に入るとき、彼の身のこなしはほんのちょっとだけ堅苦しかった。姿勢がよすぎて、わずかに胸をそらしすぎており、重々しい、いや厳しいというのに近い顔にはほとんど表情がなかった。だがそこからビル・トッツの衣服を着て出てくるのは、別の生き物だった。(四二一)

こうして、衣服の変更によって階級が変更される。

最初のうちは、彼も上手に演技していただけだったが、やがて模倣が第二の本性になった。彼はもう演技しておらず、ソーセージやベーコンが大好きになった。彼の本来の世界では、こんなに忌みきらわれる食物はなかったというのに。（四二）

ロンドンの登場人物は階級変更のための変身を行うさい、自分を変えるのではない。衣服を替えるのである。変身と階級の変更は、既成の技術的手段によって、外部から行われる。

『鉄の踵』（一九〇八）は、一九一二年から一九一八年までの出来事を、エイヴィス・エヴァーハードが一九三二年に書きとめたものが、七〇〇年後に発見された、という体裁の小説である。一九一二年から一八年、労働者階級の闘争に力でこたえようとして、アメリカの独占資本家は団結し、ファシスト的な組織「鉄の踵」を作り、強力な傭兵の組織と一部の特権的な労組に支えられて、大部分の産業労働者、中産階級、都市貧困層を完全に抑圧、弾圧している。非合法化された社会主義者たちは、テロリスト的な抵抗組織を作って革命のために戦っている。一九一八年の「第一反乱」は、「鉄の踵」に見ぬかれて、流血のシカゴ・コミューンとなって壊滅的に失敗する。三二年「第二反乱」が間もなく起こされようという時点で、唐突にエイヴィスは筆をおいているが、じつは「鉄の踵」はこの後なんと三〇〇年間も生きのびたのである。

この小説の主人公たち、とりわけエイヴィスは、なんと容易にかつたくみに変身することだろう。アッパーミドル風の人びとの、すくなくとも社交上の仲間である大学教授の娘から、社会主義者の妻としての貧窮生活へという変身、それも夢のようにすみやかな変身。

このころ、私は自分自身の変身に驚嘆したものだった。ときには、かつて私が大学町の静かで平和な生活をしていたことか、暴力と死の場面に慣れっこになった革命家になったことのどちらかが、嘘でなければならないと思われることもあった。どちらか片方は、本当であるはずがない。片方が現実で、もう片方が夢なのだ。でもどちらがどちらなのだろう。穴に隠れるこの現在の革命家の生活が悪夢なのだろうか。それとも私は本当に革命家で、どういうわけか何か前世でバークレーに暮らし、お茶やダンスやディベートの会や講演といった激しさとは無縁の人生を送っていたという夢を見ているのだろうか。(*Iron Heel* 五〇四)

集団ではなくて個人の身の上に起こるこの階級変更は、技術的な外面の変更によるというより、内面の激変の結果である。しかしこの小説は、そうした内面の激変の詳細を語らない。そこで強調されるのは、夢のようなこの激変のスピードの大きさだけである。そしてこの小説は、内面の変化の叙述のかわりに、階級変更後に権力を欺くために動員される外観の技術的変更の細部について、嬉々として語る。エイヴィスが地下に潜行しようとするとき用いるのは、フレディーのような階級偽装のための変装術だ。

すでにロシアにならったパスポート・システムが発達しつつあった。私は私自身として大陸を横断する危険を冒すつもりはなかった。アーネストにふたたびまみえようと思うなら、まず私が完全に行方をくらます必要があった。彼が脱走したあと私が尾行されれば、彼はまた捕まってしまうだろうからだ。さらに、プロレタリアの扮装をして旅行することはできなかったので、寡頭政治体制の一員に変装するしか方法がなかった。
その時がきた。私はスパイたちをまいた。一時間後には、エイヴィス・エヴァーハードはもはやどこにもいなかった。フェリス・ヴァン・ヴァーディガンという名の人物が、メイドをふたりと抱き犬を一匹、それに抱き犬用のメイドをもうひとり連れて、プルマン列車の居間車両に乗りこみ、数分後には西に向かって疾走していた。（四九五）

抱き犬用のメイド。ロンドンにとって重要なのは、ここでも技術的細部である。着替えによる変装、ひいては変身は、けっして内面に到達しはしないけれど、衣服よりもっと内部にまでおよぶ。アーネストから、「私でもわからなくなるほど自分を作りかえる」ために「着ている着物ばかりでなく、着物の下の皮膚の下でも別の女になれ」と手紙で言われたエイヴィスは、「別の女の肌の下に古いエイヴィス・エヴァーハードを永遠に埋めてしま」おうと、「声、身振り、しぐさのくせ、姿勢に歩きかた」の練習をくり返す。それは、「たとえばフランス語などの新しいことばを学ぶようなもの」である（五〇二）。やがてエイヴィスと再会するアーネストが、彼女に気づかないことは言うまでもない。

このような着替えの変奏による変装のテクノロジーをめぐるロンドンのファンタジーは、とどまるところを知らない。「革命家集団には多くの外科医がいて……文字どおり人間を作りかえることができ」たという。「皮膚や髪の毛の移植は朝飯前」で、「目や眉毛や唇や口は根本的に変更され」、手術によって人間の話し方を変えてしまうとも、「成人の身長を四から五インチ伸ばしたり、一から二インチ縮めたりすることもできた」という（五二二）。ロンドンでは社会的流動性の主題の大部分が、個人の変装のテクノロジーのモチーフによって占拠されている。

こうしてジャック・ロンドンの世界では、他人に変身することが様々な技術的、外面的な手段によって可能であり、かつほとんど幻想的に容易である。新しい主体の獲得は、ロンドンのばあいは、変装と同じくらいしか難しくはない。変装によって変身が成立する。

そればかりではない。ロンドンの登場人物は自分の階級だけを変える。階級間の関係の変更がマスとして行われるのではない。労働者階級のうちの能力に優れた者がもうひとつの階級に個人的な上昇を果たすことは、もうスペースの点から見ても、新しいビジネスの種類から見ても困難だから、労働者は労働者階級に留まってその指導者になるべきだと『階級間の戦争』（一九〇五）で述べたロンドンであってみれば、階級間の戦いを描く『鉄の踵』が、ひとりの女性の変身と冒険の物語となり、階級変更がもっぱら個人主義的に行われることにふしぎはない。だが、階級／類型《クラス》がロンドンの変装の物語ではつねに無傷で保存されることのほうに、ふしぎはないのだろうか。

言うまでもなく変装は、内面でなく外面に依存しているのと同じくらい、類型に依存している。上品な階級のお嬢さんとのおつきあいにおける正しい振る舞いを知ろうとしてマーティン・イーデンは図書館を訪れ、膨大なエチケットの本の棚に圧倒されて愕然とする。彼は「どうすれば上品になれるかを学ぼうとすれば、前世を一回余計に生きなければならないだろう」とさえ思う(五九五)。だがそうは言っても、上品な振る舞いを頭のなかに入れることは、いわば頭の中身を着せかえること、頭の変装なのだから、これはロンドンの登場人物に不可能なことではない。よく知られているように、『マーティン・イーデン』でも結局は、教養の獲得と社会的成功を通じての、すくなくとも擬似的な階級の移動が起こる。だがイーデンは葛藤から完全に自由ではない。

お前は誰だマーティン・イーデン。その晩部屋に戻ったとき、彼は鏡のなかの自分にたずねた。自分の姿を長いあいだふしぎそうに見つめていた。誰だと言うのだ。お前は生まれつきリジー・コノリーのような女の類なんだ。(六五〇)

ロンドンの欲望は奇妙に屈折している。彼は、この女かあの女かと悩むのではない。

こんな女かあんな女かと逡巡するのだ。《こんな女に愛されるのがふさわしいような私》を夢見て、ロンドンの登場人物たちは種類に恋をする。彼が想像する主体は、彼にとっての階級の主題が、個人主義によって侵食されているのと同じくらい強く、類型によって侵食されている。

すでに触れたようにロンドンにとって階級闘争とは彼個人の問題である。インディビジュアリズムによるクラス・ストラグルである。『荒野の呼び声』や『ホワイト・ファング』は、明らかに動物に名を借りた人間社会の階級闘争の寓話であるが、それらは同じくらい明瞭にたったひとりで行われる階級変更の寓話でもある。ロンドンの変身譚に共通する衝動は、個人が他人と連絡しない純然たる個人であろうとし、同時にあらかじめ動かしがたく存在する別のクラス、階級、類型に入りこもうとする衝動である。

こうしてロンドンの分身たちは、あらかじめ用意された役割に、もっぱら技術的な手段を用いて入りこみ、滑りこむタイプの変身、着せかえ人形的な変装／変貌によって出現する。あらかじめ用意された役割とは、ロンドンの登場人物たちの出現以前にすでに社会によって用意されている文化的に構成された類型的な役割、たいへん多くのばあい社会階級の性格を持った類型的役割であるが、そうした役割のしるしは、衣服や背の高さや身の回りの小道具など、徹頭徹尾計量と計測の可能な外観的で物理的な特性に終始する。着せかえ人形のロンドンの世界では、人格という概念は、物理的である。[1]

寒気と運動

ロンドンにとって運動は、ひどく重要な範疇である。『ホワイト・ファング』の主人公は、仔オオカミのときまず最初につぎのようなことを知る。

だが仔オオカミは学びつつあった。彼の霞がかかった小さな頭脳は、すでに無意識の分類をひとつ行っていた。生きているものと生きていないもの。そして、生きているものには警戒が必要なこと。生きていないものはいつも同じ場所にとどまっていた。だが、生きているものは動きまわった。そして、生きているものが何をするかはぜんぜん予測できなかった。（*White Fang* 一四七）

生きているものは動きまわる。生きていないものは動かない。単純なこの分類は、その単純さの力によって、動くことだけが生命のために必須の本質だという極端にまで突きすすむ。それは、動くものはすべて生きているものだという倒錯にさえ接近する。『シー・ウルフ』のウルフ・ラーセンは言う。

這いまわるなんていうのはブタのすることだ。だが、土くれや岩みたいに這いまわりさえしないなんていうのは、考えるだけでもぞっとする。俺のなかの命がぞっとするんだ。命のエッセンスは運動、運動の力だ。動きまわる力があるということの感じだ。（*Sea-Wolf* 九一）

言うまでもなく、生きているものが動くからといって、動くことが生きていることにはならない。水は飲めるが、飲めるものは水とは限らない。だが、ロンドンが人格の変貌から内面的な要素をほとんどはぎとって、それをたんに外観の変更の問題にしてしまうのと同じように、ロンドンの作りだしたオオカミやウルフ・ラーセンは、生命から物質的運動以外のものを追放した奇妙な哲学を信奉している。社会的流動性が、着せかえ人形的な変装によって実現するとするなら、生命は個体の物理的な運動に還元されている。[2]

　しかもこの運動は、定型的なルーティンの方法的な反復によって支えられている。生命と運動というふたつの概念のありうる組みあわせを枚挙すれば、動く非生命体、動く生命体、動かない非生命体、動かない生命体の四つがえられる。ロンドンの場合、動く生命体が動く非生命体のように動く傾向が高い。人間が機械のように動く傾向が高い。動く非生命体のように動くとはどういうふうに動くのかというと、定型的で予測可能な動作を反復的に行うということである。すくなくとも、そういうふうに動こうとしているということである。しかしそれは、動く生命体であるから、意志をもってそういうふうに動きたいのではない。むしろ、そういうふうには動きたくないことが多い。だが、したくもないのに定型動作の反復が行われるということは、それだけ動く生命体における動く非生命体のような動作の強制が大きい証拠だ。反復的な動作の様子ばかりではなく、意図に反して自動化した動作の動機までもが、非生命体的動作物じみているということだ。それは、忌まわしいだけに避けがたく、避けがたいだけに忌まわしい原則である。

　「膝と雪面が同じ高さになるまでかんじきのついた大きな靴を沈め」、つぎに「雪靴を上へ、まっすぐ上へ、雪の表面を離れるまで持ちあげ」たあと、「〔その足を〕前へ、そして下へ持っていくと、もう一方の足が半ヤードほど垂直に引きあげられる」（"White Silence" 一〇）という方法で前進をはかる雪原の行進者と、瓶を作る工場の経験を「一本の瓶について一〇の違う動きをしたと思う。一日で三万六千の動きだ。一〇日になると、三六万、一ヶ月で百八万回」という（答えは間違っているみたいだが）計算に要約する「背教者」の労働者（"Apostate" 二四七）は、運動原理を共有している。「焚火」の主人公の運動もそうである。この男の弱点は、「想像力というものをもっていないこと」で、「彼には華氏マイナス五〇度というのは、たんにまさしく華氏マイナス五〇度であり」、それは凍傷を起こすから「ミトンや耳覆いや暖かいモカシンや厚手の靴下で侵入を防がなければならない」ものにすぎない（"To Build a Fire" 二八三）。この主人公には、ものごとはすべて計測でき操作できる技術的な問題だ。だから運動も、時間に速度をかけて算出される距離にすぎない。

彼は腕時計を見た。一〇時だった。一時間に四マイル前進していた。谷の分岐点には一二時半につくだろうと計算した。分岐点で昼食をとって、到着を祝すことに決めた。（二八四）

これはたしかに、「自然」とはほど遠い、人工的、文化的に定型化された運動だ。訓練と学習によって身につけられた知識にささえられ、連続体を部分に分解するテクノロジーの所産としてあらわれる運動だ。すでに見た着せかえの技法に酷似するこうした原理が、ロンドンの流動と運動をささえている。

そしてこの種の運動が、敗北する。

この物語の主題の構造は、一見したところきわめて単純だ。知識や技術という文明の力を身につけた人間よりも、本能という「自然」にしたがうオオカミの血をひいた犬のほうが、より強い生きのこり能力を持っていること。文明の虚偽の仮面の下には、自然の真の力が隠されているという、「自然主義」らしいテーマだ。人間社会の皮相の姿の下には、性と暴力の闇が潜んでいる。市場経済の表面上の繁栄の陰には、腐敗と貧困の過酷な現実がある。ひとびとのとりすました立居振舞と体面の底には、生の欲望がとぐろを巻いている。そして人間の計算と判断の能力などは、獣の本能の力に比べればなにほどのものでもない。「〔犬の〕本能は犬に、男の判断力が男に告げるよりも真実の物語を告げ」るし、「犬は寒暖計のことなど何も知ら」ず、「あるいはその頭脳のなかには、厳寒について男の頭脳のなかにあるような明確な意識はなかったかもしれない」のに、「この獣には本能があった」（二八四）ので、誤って薄い氷を踏み破り水で足を濡らしたとき、犬は前足に瞬時にできはじめる氷を噛みとろうとするのである。

犬はこのことを知っているわけではなかった。犬はただ穴蔵のような存在の深所から湧いてくる神秘的な何かにうながされ、それにしたがっているだけだった。（二八六）

犬はその「神秘的」な能力によって男の察知できない危険を感じとり、男が凍死する寒さに平然とたえ、「それにはわかるキャンプの方角の小道をとことこと小走りに去る」（二九五）ことができる。はっきりと感覚でとらえられる物理的人工物のような構成と運動の法則が人格や生命に与えられるロンドンの世界で、犬の生きのこりを保証するのは、逆にはなはだとらえがたい物理的ではない性質をもった「自然」の力である。

だがやはり氷を踏みぬいて足を濡らした男は、冷静さと知識と技術的能力によって、この危機を切りぬけようとするほかはない。彼はまず焚火をおこして足を乾かさなくてはならない。「それはこんな低い気温では至上命令」（二八八）だ。やがて焚火が燃えはじめる。だがこの火は、暖められて溶けおちてきた頭上の大木の雪に消されてしまう。「彼の失策」だ。「彼はたった今自分の死刑宣告を聞いたような気がする」が、逆に「とても冷静」になり、二度目の焚火にとりかかる。こんどは「方法的に作業」(二九〇)して、失敗を避けようとする。しかし、やっと取りだしたマッチは凍えた手のせいで雪の上に落ちる。雪の上に落ちたマッチを、こんどはうまく拾うことができない。「配線が切れて」いて、うまく手が言うことを聞かない。それでも男は苦労してなんとかマッチの束を座りこんだ膝の上に乗せる。

一連の操作のすえ、彼はミトンをはめた両手の掌底になんとかこの束をはさむことができた。そのまま口のところに束を運んだ。猛烈な力を出して口を開いたとき、氷にひびがはいり、砕ける音がした。彼は下顎を引き、じゃまな上唇を巻きあげ、上の歯で束をひっかいてマッチを一本ひきはがそうとした。一本離すことができた。それも膝の上に落とした。彼はやはり途方にくれた。拾いあげることができなかったのだ。だが方法をあみだした。それを歯で拾いあげ、足でこすった。二〇回こすって、火をつけることができた。炎をあげるそれを歯にくわえて、カバの木の樹皮のほうへさしだした。だが燃える硫黄が鼻孔を通って肺に達し、

痙攣的な咳が起こった。マッチは雪のなかに落ち、消えた。(二九一)

男の運動は、機械のように一定の方法にしたがい、配線を介して伝達される命令に依存している。だがそれは、うまく動作しない機械のような、硬くて不器用な運動だ。そしてこの技術的挑戦に、男は失敗する。やがて二度目の焚火の試みにも絶望すると、男は走りはじめる。たとえば「一時間に四マイルのペースで動いていれば……彼の身体の表面とすべての末端部に心臓がポンプで血液を送りつづけ」(二八八) るだろうからだ。「生命とは運動」であり、生命を保つためにこの男に残された最後の手段が運動であるならば、彼は運動しつづけるために運動しつづけるという、皮肉で無目的な状況に陥ったと言っていい。

こうして技術的で無目的な男の運動が失敗し結局停止するのにたいして、犬は「自然の被膜の下で安全で暖かい」(二九〇) のだから、この物語が文明にたいする自然の優位の寓話でもあることは明らかだ。

だが、じつは話はもうすこし複雑なのである。この物語ではふたつのものが自然を表象している。ひとつは、犬。もうひとつは、寒さである。この物語は、一見、人間より犬のほうが強いという話のようだが、じつは、火より寒さのほうがえらいという話である。人間と犬の差は、知恵の程度の差にすぎない。生きのこりの実際的な技術をこの男に伝授した「サルファー・クリークのベテラン」とこの男のあいだの知恵の差と、それは異ならない。「この男は寒さというものを知らない。ひょっとするとこの男の祖先をどこまでさかのぼっても、寒さ、ほんとうの寒さ、氷点より華氏で一〇七度も低い寒さを知る者はいないのかもしれない」（二八七）と考える犬は、「華氏マイナス五〇度以下では連れと旅しなければいけない」（二九一）と教えたベテランと同種の知恵の持ち主である。

ところが、火と寒さの違いは、程度の違いではない。動くことと動かないこと、感覚と無感覚、火と寒さの違いは、一方が存在すれば他方が存在できなくなる絶対的な違いだ。そしてこの物語は、剥きだしにされた骨組みのレベルでは、動いていたものが動かなくなり、すべての感覚が無感覚に化し、火が寒さによって凍りつくお話である。

「焚火」の世界には太陽がない。影がない。色彩がない。それは、「正午で空に雲ひとつないのに影ができない」（二八六）白一色の荒野だ。そればかりか、誤って極寒のなかで足を濡らした男からは、徐々に感覚も失われていく。彼は、「触覚のかわりに視覚を用いて」（二九一）自分の身体の部分の所在を確認しなければならなくなっていく。「足に感覚が存在しないので大地につながっているという感じがしな」い「男は、手を見て、それがどこにあるのかを確かめようとした。そして手が腕のさきにぶらさがっているのを知った。自分の手がどこにあるのかを知るために目を使わなければならないのは奇妙なことに思えた」が、「〔手が〕腕のさきに重しのようにぶらさがっているような感じ」がする。だが、「その感じのありかをつきとめようと努めても、それがどこかがわからな」いのである（二九三）。雪の白が火の赤を封じこめ、色彩と色が喪失されるこの物語はまた、感覚が存在しなくなる物語でもある。

そして、運動が失われる。

二度にわたって男の心にうかび、この物語をまぎれもなく支配しているのは、「雪のなかに横たわり」（二九五）、「完全に凍った彼の身体のビジョン」（二九四）である。

人間と犬が対照される主題では、犬の優位が主張される。無鉄砲にひとりで極寒のなかに踏みこむ男と違って、「サルファー・クリークのベテラン」はこんなところにはひとりでこないだけの知恵を持ち、犬は「自然」に与えられた力を持って生きのこる。どう動くかについて人間と犬のあいだには知恵の差があるのである。だが、動くことと動かないことが対照される主題では、動かないことが勝利する。ここでは動くことは最終的に無力である。そうである以上、どう動くかについての知恵の差は、じつは根本的には無意味である。人間と犬の主題は、動くことと動かないことの主題に従属している。文明と技術の力による男の運動は、「自然」の知恵に裏づけられた犬の運動におよばない。だが、そうした小さな差異の外側になんの理由も説明もなく現れるのは、「外宇宙」の虚無から襲う寒さである。まず藪から棒に「一瞬外宇宙の寒気は出しぬかれた」（二八七）と口走るロンドンは、あまり間を置かずにつぎのように言う。

宇宙の寒気がこの惑星の無防備な先端を撃った。そして、その無防備な先端にいた彼は、その打撃を真っ向から受けた。（二八八）

この読者を戸惑わせる記述は、太陽と影と色彩と感覚と温度の欠如に、ロンドンが懸命に与えようとしている「説明」にほかならない。「焚火」の一番外側には、この「外宇宙」の寒気と最終的で絶対的な凍結した運動の停止がある。そのとき「自然」は、括弧つきの、文明の付属物でしかない場所に降格される。

類型を、技術を、そして生命であるとされる人工物的な動作原理による運動を真に打倒するものは、「自然」ではない。それは運動の凍結である。そしてそれだけが、物質化され機械化されたロンドンの生にとってのかすかな外部の可能性である。

運転停止

ウルフ・ラーセンは病気によってすべての運動の能力を剥奪される。そのときたしかにラーセンは、生命とは物理的運動以外のなにものでもないという自身の哲学の皮肉な反証である。

墓場と化したこの肉体のどこかに、まだこの男の魂が宿っていた。生きた土くれのなかに幽閉されて、かつてわれわれの知っていたすさまじい知性がまだ燃えつづけていた。しかしそれは、音も光もなく燃えていたのである。そのうえ、それには肉体もなかった。その知性が肉体を具体的に知るすべはなかった。それは肉体を知らなかった。世界そのものが存在しなかった。その知性が知るのは、ただおのれ自身と、途方もなく広く深い静寂と暗黒だけだった。(*Sea-Wolf* 二六八)

すべての運動能力が麻痺し、うしなわれて、最後に残るのは肉体から独立して存在しなかったはずの魂である。ロンドンは、一方で生命はたんに物理的運動であると言い、他方で生命は物理的運動以外のものであると言っていることになる。だがこのラーセンの不動の肉体と、それとは無関係な彼の魂ほど、ロンドンにおける物理的で人工的な文化と、物理性を失った「自然」の截然とした二分法を端的にあらわす例はすくない。この言い方は、詭弁の印象を与えるかもしれない。それは、肉体という自然に属しているように思われるものを文化に、魂という物理的自然というよりは文化に属させたいものを自然に、それぞれ分類している。だが、そうした言い方を選んだのは、アメリカ自然主義の論理において、自然と文化との境界線上にかなりの錯乱状態が生じていることを、小規模に再現してみたかったからでもある。一方に截然たる二分法があらわれ、他方に、まさしくそれゆえに、境界線の溶解が起こっている。人格概念の構成法や運動法則の組織化などの文化が、アメリカ自然主義では機械文明にふさわしくきわめて人工的、物質的であり、またそのことによって肉体や運動などの物理的自然を大幅にみずからの領域にしたがえているということである。そこではたとえば、時計の時間は時間そのものとして、社会的類型を表す衣服は性格そのものとして、機械的にパターン化した運動は運動そのものとして、自明化＝自然化している。このことを逆に、時間は時計の時間へ、性格は類型へ、運動は機械的なパターンへと、自然が不自然化しているとも言える。自然主義における自然概念の不自然さを精力的に研究するマーク・セルツァーは、自然主義、とりわけロンドンでは、物質的であるはずの自然が数値によって表象され、抽象化されると言う。

> ひとつの見かたによれば人間と行動とのたんなる物理性、物質性への還元と見えるものが、別の見かたをとれば、身体と個人と「自然」そのものの抽象化ともとれる。つまり、一方にわれわれは人間や表象や行動が物質的で物理的だという執拗な主張を自然主義のディスコースのなかに発見するが、他方で人間と身体と運動とが、模型や数値や地図や図表や図形へと執拗に抽象化されるのを見るのである。(Seltzer, *Bodies and Machines* 一四)

自然はまず物質化し、ついで数値や図形へと抽象化される。逆に言えば、数値や図形のような抽象的、人工的な文化が、自然の領域に侵入する。逆に言っても同じことが言えるところが、無用の混乱を生じさせる由縁だが、それは自然主義の特異な自然概念あるいは文化概念を明らかにしめしてもいる。

　他方、ロンドンには物理的でも物質的でもない「自然」の概念がたしかにある。私が括弧つきで「自然」と呼んできたなにものか、いわば観念の世界に追放された自然、考えとしての自然である。ラーセンの魂や犬の神秘的な知恵のようなこの「自然」は、手でつかむことも数値で表象することもできない。

ただしこの「自然」は、人工的な文化とあまりにも明瞭な二項的対立関係にあって、「しんそこ疲れきった。なんで疲れたかだって。動くのにさ」と言う「背教者」の労働者（二四七）のように、人工的な文化がいかに忌まわしくとも、それを乗りこえる手段となることはできない。ラーセンの「生命は運動だ」という哲学と動けないのに魂だけは残った彼の最終的状態は、たんなる論理的な矛盾、いわばにらみ合いの関係にあり、矛盾の解決策はない。両者は敵対しながら並立しつづけるだけだ。

本来の自然というものがかりに想定できるとして、そしてそれを回復しようとする願望が正当なものであるとして、この本来の自然が、一方で人工的な文化に一部分吸収され、他方で観念化した「自然」へと棚上げされた構図のなかで、人工的な文化を乗りこえようとすると、この文化のスイッチを切って、オフにするほかはない。そしてロンドンは「焚火」の主人公のスイッチをオフにしたのである。

だがここで注意しなければならないのは、この文化が「自然」から完全に切りはなされたカテゴリーだから、それだけ取りだしてオフにしたりできるということだ。

「背教者」を例にとってセルツァーは言う。

ロンドンの労働者は最後には完全な「無動性」の立場を選ぶ（ロンドンのややこしいことばのひとつだ）。あるいは、彼の身体と神経は彼の意志とは無関係に「自動的に」動きつづける（「ときには彼はまどろんだ。眠りのあいだ彼の筋肉がぴくぴく動いた」）のだから、彼は運動と意志とを完璧に分離しているのである（「起きているときは、彼はすこしも動かずに横たわっていた」）。それはつまりこういうことだ。この勤労倫理への背教者が、転倒した形で、病理化された不動の状態という彼の抵抗のために再発明したのは、事実上、意志なき運動の原理である。ところで、意志なき運動こそは機械のしごとの原理そのものにほかならない。（一三）

意志と運動との原理的な分離があってはじめて、運動だけを独立に停止することができる。魂と肉体との原理的な分離があってはじめて、魂を排除した運動と肉体を完全に欠いた魂が存在できる。そしてそうした人間の運動を完全に消去することができる。ということはつまり、運動の停止は物理的運動と表裏一体の、その付属物かもしれないということだ。スイッチのオフは、問題の解決などではなくて、たんにその消去にすぎないのではないかということだ。

ここでふたたび自然主義の病理的な論理は堂々巡りに陥っているのかもしれない。運動の停止も結局運動の論理の外には出られないのかもしれない。それでもなお、この運動の停止のモチーフは、あまりにも自明化し自然化した機械的、物質的な運動の原理から脱出しようとする衝動の現れではある。ハーストウッドはニューヨークの彷徨を停止し、ヴァンドーヴァーは床の上に四つんばいで凝固し、マクティーグは砂漠で身動きできなくなる。アメリカ自然主義小説の登場人物たちは、「焚火」の主人公のように、そこここで運動を凍結する。

注

(1) マーサ・バンタは、世紀の転換期から今世紀の前半にかけて、マシン・カルチャー下で、「既成服化された人生」のありようを、膨大な資料を駆使して辿る(Banta, *Taylored Lives*)。ロンドンの登場人物たちの人格のありようは、明らかにこの「既成服化された人生」の一種である。

(2) 本稿の議論は、自然主義における人格の機械的構成、ロンドンにおける運動への注目とその特性の分析など根本的な部分をマーク・セルツァーの『身体と機械』、とりわけその「イントロダクション」、第Ⅲ部「統計的人間」、第Ⅴ部「愛のご主人様」に負っている(Seltzer, *Bodies and Machines*)。

ハーストウッドの振子
――セオドア・ドライサーの時間

見知らぬ未来

どの時代もがそれなりに変化の時代であるのかもしれない。だが世紀の転換期にアメリカが目のくらむような変化、それまでとは異質な変化を経験しつつあったことはたしかなことだと言っていいだろう。工業化、機械化、都市の比重の増加、都市の「問題」化、移民の増加による人種構成の変化、人種問題の変質と激化、国家外交政策の変換、産業の集中化と組織化、労働の集中化と組織化が、この時期、それまでにない速度で進行した[1]。これまでに見たことのないものが、これまでに経験したことのない速度で、目の前にあらわれつづけた。そして、見たことのあるものが見たことのないものと同居した。

この時期にあらわれた諸問題のうち、田園と都会、農民と賃金労働者、代々のアメリカ人と新移民、東部エスタブリッシュメントと新興成金といった諸対立は、そのまま過去と未来との対立、変化の問題、時間の問題でもあっただろう。

変化をもたらしたもののなかでも、技術革新はそのもともとの性質上見知らぬものをもたらすものの代表である。『アーサー王宮廷のコネティカット・ヤンキー』でハンク・モーガンは、急速な変化の原因でもあり結果でもある発明品の名を、列挙する。

疾走した三年間のことを考えてみてほしい。さあイングランドを見渡してほしい。幸福で繁栄する国だ。しかも見たことのない変化が生じている。あらゆるところに学校があり、いくつかの大学も、かなり質のいい新聞もある……。奴隷制は死に絶えて姿を消し、すべての人間は法の前に平等であり、税制も公平なものになった。電報、電話、畜音器、タイプライター、ミシン、それに蒸気と電気のよく言うことを聞く無数の便利なしもべたちが、せっせと人気を獲得しようとしていた。(Clemens 二一八)

技術革新は政治や経済の革新と異なって、予期や予測と関係なく出現し、そして予期することも予測することもできない結果を、しかも不可逆的な結果をもたらすと、ダニエル・ブアスティンは言う。

テクノロジーの大きな変化が、どうも気になってしかたがなく、ひとを落ち着かない気分にさせる理由のひとつは、そのどれもが、制御された核分裂の発明のように、勝手にひとり歩きするという事実にあるようだ。重要な変化が起こるたびに、世界全体が生まれかわる。しかし、新しい世界が生まれてしまうまでは、だれもその新しい世界がしたがう規則を予告することはできない。そこにはどんな異様な怪物が生まれてくるかしれない……。

テクノロジーの世界に住むわれわれは、人間は犠牲者であって支配者ではないことを知って戦慄するのである。(Boorstin 二三七)

だれにとっても明日は見知らぬ明日である。しかし見知らぬ明日が多かれ少なかれ昨日に似た明日であろうと想像されるよりは、多かれ少なかれ昨日とちがう明日であろうと想像される事態の急速な進行に、物語はどう答えようとしたのだろうか。ピーター・コンが言う「加速する未来の衝撃」による「過去と未来の同居」(Conn 一三)に直面した意識は、どのように物語に変換されたのだろうか。

ジャック・ロンドンの短編「スロットの南側」のフレディー・ドラモンド／「ビッグ・ビル」・トッツは、変装によって一瞬のうちに中産階級から労働者階級に移行し、逆に労働者階級のマーティン・イーデンは、またたく間に中産階級にふさわしい教養を身につける。『荒野の呼び声』のバックは急速に先祖返りして犬から狼になり、これとは正反対に『ホワイト・ファング』のホワイト・ファングはいとも容易に狼から犬に進化する。ロンドンの物語は過剰に流動的な時間のなかにある。変化がとめどなく氾濫し、時が歩度を速めて走る。ロンドンの時間は、滑走する。『鉄の踵』の大虐殺を見るがいい。それは、悪夢さながらに滑走する。あったはずのものが急速に瓦解する。なかったはずのものが知らぬ間に湧き出てくる。

フランク・ノリスが描く『ピット』のカーティス・ジャドウィンは、投機に失敗すると新規まき直しのために西部に旅立つ。『レディー・レッティー号のモラン』のモランは死んで、「海の花嫁」になるために「レディー・レッティー」号に抱かれてゴールデン・ゲイトを抜けて太平洋に消える。『オクトパス』のヴァナミーの前に「小麦の精」として蘇る死んだ恋人アンジェルと同じように、これらは明らかに自然の再生産の力を讃える寓話である。だが、自然の再生産の寓話はただちに、もうひとつの寓話、過去への回帰の寓話、同じサイクルの固定的反復の寓話でもある。直線的に進行する時間が停止する寓話でもある。ノリスの作中人物が典型的にくり返すしぐさは、『マクティーグ』にあらわれるおかしな老人たち、グラニスとベーカーがしめすふるまいのような、氷結した時間のなかで固まって動かなくなってしまう動作だ。変化の否定。ノリスの時間は固化しようとする。そこには、あったはずのものの消滅へのパニック、なかったものが出現することへのパニックがある。

固化と流動の座標軸上でつむがれるこうしたパニッキーな寓話を誘発した世紀転換期アメリカのスピードゆたかな時間は、同時に、規則的な時計の支配力をきわめてあらわにしていく時間でもあった。外的な標準としての時間が、ひとびとを屈伏させていく事態が、急激な変化の一端として進行した。ジャクソン・リアーズによるならば、

南北戦争後の時期における産業資本主義の進展にともなって、ますます多くのアメリカ人が「時間どおりに《オン・タイム》」ふるまわなければいけないというプレッシャーを感じるようになっていった(「オン・タイム」という言い方自体が一八七〇年代にはじめてあらわれた口語表現である)。効率を求める企業の努力は、計量の統一的標準としての数量化された時間の裏付けとなり、時計によってひとびとの生活を統制しようとする要求の拡大を後押しした。数量化されたスケジュールの厳守をますます強く求めるようになった工場や官僚機構の雇用者側から、もっとも強いプレッシャーが加えられた。前工業社会に慣れ親しんだ労働者たちからのとり

わけ強い抵抗はあったものの、タイムレコーダーが発明された一八九〇年までには、時計の時間の勝利は揺るぎのないものと思えるようになっていたのである。

(Lears 一〇—一一)

見知らぬ明日にむけての不断の急激で不可逆的な変化と、社会生活の標準としての時計の時間の覇権の徹底的な確立。世紀転換期のアメリカで劇的に実現しつつあったこうした事態は、現在われわれの周囲にあり、だれもが知る現実のひとつの相にほかならない。それは、真木悠介のことばをかりれば、「われわれの生きる世界の、それ自体の内部においては問い返されることのない自明性」となりつくしている(真木 三八)。真木によれば、この「われわれの近代社会の自明性の、最も特異な側面としての時間の感覚」のふたつの基礎は、「虚無化してゆく不可逆性としての時間了解」と「抽象的に無限化してゆく時間関心」である(三九)。ひらたく言えば、一度起こったことは二度と起こらないし、しかも永遠にうしなわれてしまうと考えられているということと、時間と言うときわれわれは、だれの、どのような時間かを無視して標準化された時間のことだけをもっぱら考えるようになっているということだ。あったものがなくなり、なかったものが湧出してくる危機。真木のいわゆる「帰無する時間」の加速。そしてそれと同時に、時間だけにかぎらず、しかし時間にかんしてそのもっとも劇的な表現を見た、規格化・標準化の進行。世紀転換期のアメリカは、これらの事態が急激に姿をあらわし、見えない自明性ではなくて顕著な露頭であると認識された場所のひとつである。そこではそれは、ロンドンやノリスのパニックを誘発した。そこではそれは、セオドア・ドライサーにも時間の寓話を書かせることができた。

ゼンマイ駆動

ドライサーの『シスター・キャリー』のプロットは、片方のはしにキャリーを、もう一方のはしにハーストウッドを乗せたシーソーに似ており、ふたりはじつはファースト・ネーム／キャリーとラスト・ネーム／ハーストウッドをわかち持ったひとりの人物なので、キャリーが上がっていけばハーストウッドは下がっていかざるをえないのだと、フィリップ・フィッシャーは言った（Fisher, *Hard Facts* 一六九―七八）。だがそればかりではない。『シスター・キャリー』を通じて「上昇」しつづけるキャリーの経歴を、同じ小説を通じてハーストウッドが逆向きに演じるとするなら、ドライサー自身はそのハーストウッドの経歴を、『シスター・キャリー』出版の二年後に実人生で演じることになる。

その実演を記録したセオドア・ドライサーの『素人労働者』は、ふしぎな読物である。『シスター・キャリー』でハーストウッドの身の上に起こると想像されたことを、作者のドライサーが現実に体験したと、読者はそこで聞かされることになる。「神経衰弱」に陥りまったく書くことのできなくなったドライサーの体験する、ハーストウッドと同様のあてどない職捜しの行脚。比較的立派な身なりや風采ゆえに単純労働を拒否されるのではないかという恐怖。ハーストウッドと同様に底をついていく金。ハーストウッドと同様の安下宿。『シスター・キャリー』のハーストウッドは、一八九九年秋から一九〇〇年春にかけてドライサーによって想像された。『素人労働者』の出来事は、一九〇三年二月から六月にかけて（*Amateur Laborer* xvii-xxiv）ドライサーによって体験され、その記憶もまだあざやかだったはずの一九〇四年二月一三日以前に記録されはじめている（li-lii）。しかも、多くの読者は、『シスター・キャリー』を読んでから『素人労働者』に赴くだろう。だいいち、一九八三年以前には『素人労働者』の刊本は存在さえしなかった。時間が、自然と思われる順序から見て倒錯しているという思いを、抱かないわけにはいかない。

このばあい、ドライサーが体験をもとにして小説を書いたのではないことは、はっきりしている。彼は、小説をもとにして体験したのである。ハーストウッド自身が、「彼の読む新聞の、悲惨な生活の点描記事の登場人物になるみたい」(Kaplan, *Social Construction* 一五二)なのと同じように、あらかじめ書かれていた小説が、のちの体験を潤色した。それだけになおさら、ふたつの書き物のあいだで変化しないもの、ドライサーの頭のなかに住みつきつづけていたものが興味をひく。その変化しないものは、職捜しをしようとして麻痺状態に陥る心理の物語だけではない。

『素人労働者』で、ドライサーの神経衰弱は奇妙な症状を呈している。彼にはものが真っ直ぐに見えない。あるいは、ものを真っ直ぐにしたくて、どうにもしかたがない。

すべてのものの角や線、家や街路や壁にかかった絵や新聞のコラムなどの角や線が、真っ直ぐではないという考え、どんなに頑張ってもこれが真っ直ぐに見えないという考えを、幻覚というべきかもしれないが、私は持ちはじめていた。……椅子に座っているといつも、何かにたいして正しい位置関係になろうとして椅子の位置を直しつづけ、右へ右へと回りつづけてやがてすっかり後向きになってしまうのだった。そして新聞を読んでいるときは、コラムが真っ直ぐに見えるように新聞を回して角度を変えつづけた。しかしけっしてコラムは真っ直ぐにならなかった。歩いているときはいつも、真っ直ぐに前を見つめ、直線的な進行の邪魔になる家や木などの固定した物体を気にかけ、それらを排除してしまいたい、あるいはそれらのなかを真っ直ぐに通りぬけてしまいたいという、抑え切れない欲望を感じるのだった。（二六）

「このような状態の人間がしごとを捜すのにふさわしい状況にあるかどうかは……だれにでもわかりきったことにちがいない」と考えたドライサーは「車掌か運転士、あるいは制動手か何らかの種類の運転係りといった職種でなければ」自分は役に立たないと思う（二六）。正しい位置関係のつかめなくなった人間のしごととして、これほど不都合な職種もないようにも思えるし、真っ直ぐに進みたいという欲望のとりこになった人間にとってはこれはたしかに切実な願望なのかもしれないとも思えるが、いずれにしても、そうしたことを考えるのは、ドライサーが鉄道のしごとだけには特殊な気持ちを抱いていて、運転士や車掌のしごとを、「前々から……これは自分にできることだと確信していた」（一八）からである。そしてげんに彼はやがてニューヨーク・セントラル鉄道に、運転士や車掌としてではないが、職を得ることになる。そういえば、

『シスター・キャリー』のハーストウッドもまたニューヨークで職をうしない、来る日も来る日も新聞ばかり読んで他に何をする気も起こさないのに、急にブルックリンに出かけてトローリーの急造運転士になろうとする。『シスター・キャリー』第四〇章には、とりわけハーストウッドが鉄道のしごとそのものに惹かれたとは述べられていない。だが彼は、ほんの短い間ではあっても、たしかにトローリーの素人運転士になりはする。

それにまた、金を拐帯してクラブから出てきたハーストウッドが最初にすることも、駅に電話をかけて時刻表を確認することである。

「列車の時間はどうなっていたかな?」と彼は考えた。

即座に彼は懐中時計を取りだしてそれを見た。一時半近くになっていた。

彼は最初のドラッグストアに立ちよった。なかに長距離電話のブースを見たからである。これは有名なドラッグストアで、もっとも早くに設置された一般用の電話ブースを備えていた。

「電話を使いたい。ちょっとの間だ」と彼は夜勤の店員に言った。

店員はうなずいた。

ミシガン・セントラル駅の番号を調べてから、「一六四三番を頼む」と、彼はセントラルを呼びだした。すぐに切符係りにつながった。

「デトロイト行きの列車の時間は?」

電話の男が説明する。

「今夜はもうないのか?」

「寝台車付きはありません。いや、あります。三時にここを出る郵便列車があります」

「そうか。デトロイトには何時に着くね?」(*Sister Carrie* 一九〇四)

『素人労働者』のドライサーは、鉄道会社に職を得て、ニューヨーク郊外の小さな町に下宿する。朝はつらい。食欲のない朝食中に「時計を見て時間がひどく速く過ぎていたことを知」り「三ブロック走ってようやく列車に間に合」う(一〇九−一〇)彼は、さきほどの電話のあとで、キャリーをだましてふたりで駅へ向かう馬車のなかで、「騒ぎを起こさず逃げだすために列車に間にあうことがどれほど必要かしか考えていなく」て「時計を見て御者をせかせ」るハーストウッド(一九六)に酷似している。何も真っ直ぐにできないのに、あるいはできないから、真っ直ぐにしたくてしかたがなくなったように、ドライサーとドライサーの登場人物は、鉄道の時刻は自分を脅かすものなのに、あるいは自分を脅かすものだからこそ、鉄道に行動を強制されている。

鉄道が標準化された時間の物質的な発現形態であり、十九世紀において時間意識を「抽象的に無限化」する立役者だったことについては、多言を要さないだろう。時計が不正確で、交通手段が低速だったあいだは、その土地その土地で太陽が南中する時刻を正午とする思い思いの地方時に不都合はなかった。だが、イングランドでは十九世紀前半、郵便、電報、鉄道の発達によって、標準時にしたがう標準時間帯の必要性が高まる。そして、標準時間帯を先頭に立って推進したのが鉄道だった。一八四〇年グレート・ウェスタン鉄道が、グリニッジ平均時を全国の駅と路線で採用し、他の鉄道会社もこれに追随した。法律がこれを採用したのは、四〇年後の一八八〇年である。[2]

アメリカでもまったく事情は変わらない。地方時の統合は、電報と鉄道によって主導される。たとえばニューヨーク州バッファローの駅だけでも、そこから出発するふたつの鉄道路線の時間と、バッファローの時間をあらわす三つの時計がぶら下がって別々の時刻をしめしているといった事態を解消しようと、鉄道が先行して「標準鉄道時間」が、一八八三年年一一月一八日正午に施行される。しかし、「標準鉄道時間」が連邦法に組みこまれるのは、一九一八年の標準時間法によってであった。[3] そして一方、「それ〔標準時〕は産業資本主義が時は金であると痛切に認識し、時間の厳守と秩序と規則性にとりつかれていたことの、劇的表現だった。すなわち、それは一九一五年までには日常生活の多くの側面に忍び込んでいた数量化と組織化と均一化と標準化の進行を、典型的にしめしていた」(Schlereth 三二)のだから、鉄道こそは標準化された時間のチャンピオン、鉄道の時刻表は標準化された時間の権化だったと言っていい。

特定のだれかと待ちあわせるのではなく、抽象化された時刻表に遅れまいとして駅への道を急ぐドライサーや彼の作品の登場人物たちは、社会全体が共通して想定する規格化・標準化された時間に、駅で出会おうとしているのである。

しかし、産業革命以後の社会に住む者ならだれでも、鉄道の時刻に多かれ少なかれ追いかけられた経験があるはずだ。鉄道があなたを運んでくれるのであって、あなたが列車を載せて走るのではない以上、それはまずやむをえない「自明性」にほかならない。大金を持ち逃げしようとしているときならなおさらのことだ。『シスター・キャリー』のハーストウッドや『素人労働者』のドライサーの行動や心理が、標準化された鉄道の時刻表への傾斜をときにあらわにすることに、大きなふしぎはないだろう。ドライサーで少々奇妙なのは、彼自身や彼の小説の登場人物のある者が、標準化された時間にしたがうことそれ自体ではない。そこで目をひくのは、それとほとんど同じことのようであって微妙に違うこと、彼らが、標準化された時間に外側から強制されなければ、何もできないような人たちだということである。

キャリーとのことが財産権を占有する妻の知るところとなり、「明（木曜）日午後一時まで待って、離婚と扶養手当を求める訴訟を起こす」（二七七）という最後通告を弁護士から送りつけられる「彼〔ハーストウッド〕は翌日のこと、それに訴訟のことを考えた。それまで何の手も打っていなかったし、それにもう午後もすべり抜けていこうとしていた。もう四時まで一五分しかない。五時になったら弁護士たちは帰ってしまうだろう。まだ明日の昼まで時間がある。こんなことを考えているうちにも、最後の一五分が過ぎてもう五時」（二八七）になっている。彼は、握りしめておきたいのに「すべり抜けていく」時間を経験している。時間は「すべり抜けていく」のに、それをとりあえず握りしめておきたいのである。「外側から内側に向けて実質を与えられていく」（Seltzer, "Statistical Persons" 八三）[4] 世紀転換期アメリカ小説の主人公にふさわしく、内的思考の不在状態にある彼は、自分では行動の指針を持たず、外側の他人から与えられる社会的なサインである時刻だけを無意味に参照しようとしている。やがて、大金を持ち逃げしたいという誘惑のまえで遅疑逡巡するハーストウッドの心理を紹介するさいにドライサーが、「恐ろしい明瞭さで《すべし》、《すべからず》、《すべし》、《すべからず》と規則的に音をたてる幽霊のような時計の厳粛な声を聞いたことのない方々にはおわかりにならないだろう」が「思考は時計のように、その願いと願いの否定を、チクタクと規則的に送り出す」(一九二)と言うとき、ハーストウッドは内面の時間的リズムをまったく有していない。ハーストウッドの内面の営為は、どこか他の場所にある標準化された時計の時刻によって代行されている。標準化された時計の時間がドライサーの登場人物たちを、時計のゼンマイを巻くようにして駆動する。

＊＊＊

ドライサー二作目の長編小説『ジェニー・ゲアハート』(一九一一)は、ロバート・ペン・ウォレンが言うように、『シスター・キャリー』のある種のミラー・イメージ」である(Warren 四三)。キャリーは物質の世界に憧れつづけるアウトサイダー、ジェニーの「愛人」であるレスター・ケインは精神の世界に憧れるアウトサイダーであり、しかも両方の小説で同じように、憧れの対象は小説の世界から遮蔽されている。その結果、『シスター・キャリー』は都会を描いた小説、『ジェニー・ゲアハート』は舞台であるはずの都会の描写を奇妙にほとんど欠いた小説となる。同じように、物質に憧れるキャリーはいくら使っても元手のなくならないみょうな引算をする「欲望」の人、ジェニーの一家は最小限の生活のために家族のとぼしい収入を足算する「欠乏」の人たちだし、キャリーは真似をする人、ジェニーは真似をしない人である。そして、『ジェニー・ゲアハート』でも『シスター・キャリー』とまったく同じように、時刻は登場人物に行動を強制する。レスターの父アーチボルド・ケインがレスターにつきつける三年の期限はそのうちもっとも目ざましいものだ。アーチボルドは、馬車作りで財を成したシンシナティの百万長者で、レスターに、社会的地位の対照的に異なるジェニーと「別れるのもいいし、結婚するのもいい。しかし、そのどちらかを取らなければいかん」と選択を迫り(二四一)、やがて「三年たっても、レスターがジェニーと結婚せず、しかも別れないなら、彼は一文の遺産も相続できない」が、ジェニーと結婚すればほんの少々を相続でき、別れるならば当然受け取れるべき取り分を相続できる、という遺言を残して死ぬ(二五五)。こうして刻限を切られて行動をうながされながら、『ジェニー・ゲアハート』の作中人物たちは、深刻な相談が何の結論にも到達しないとき、「あの二時二〇分の列車に間に合うと思う」(二四二)だの「シンシナティ生きのあの一時の列車に間に合うだろう。いずれにしても、行ってみる」(二〇五)など言って、列車に間に合おうとして話しあいを打ちきりつづけている。

振子・漂流・越境

しかし、ふたつの小説に共通して見いだされるのは、こうしたことばかりではない。ふたつの小説でともに強く印象に残るのは、名高いキャリーのロッキング・チェア運動に似た、振子のような往復運動、堂々巡り、漂流運動の遍在である。そしてある領域から他の領域へ越境する瞬間の特権的主題化である。これらすべてのことは、ドライサーのプロットが、出発点と終着点を結合しない中間的移行状況の基底的原理化によって構成されていることに由来している。

そもそも、フィッシャーが言うように、ひとびとが列車に乗ったり、馬車で遠出したり、ブロードウェイを歩いたり、あちこち職を捜して歩いたりして「運動に満ちている」(二五五)わりには、『シスター・キャリー』のひとびとも、結局どこかへ行きつくわけではない。彼らは、いつもどこかに行こうとする途中だからだ。

この小説の冒頭、「平原を横切って、何列もの電信柱が偉大な都会へと大股で歩いていく」(六)シカゴ近郊の描写、田舎から都会へと列車が近づいていく境界地帯の描写が喚起する戦慄を、深く記憶しない読者があるだろうか。ドライサーは敷居を通りすぎようとするときのおののきを、鋭敏にとらえる資質を備えた小説家である。「はじめて新緑のきざしを見せはじめている広い芝生ごし」にノース・ショア・ドライブのお屋敷の中を覗き、「このふんだんに彫刻をほどこされた入口の向こう」には、「心配事も満たされない欲望もないのだろうと想像」する（八六）キャリーは、いつも窓のあちら側を夢想している。自分がそこにいない場所を夢見つづけている。そして、敷居の向こう側からの目を意識している。キャリーは、最初の職捜しに出かけたとき、「大きな窓やいかめしい看板をじっと見て、自分が見つめられていると感じ、給金ほしさにやってきた人間だという正体を見ぬかれていると感じ」（一三）る。「目がくらむような興味と魅力」を発散するペチコートやレースやリボンや櫛やハンドバッグが並べたてられているデパートを訪れても、「普通の店員が一目で貧乏な職捜しだと見てとる」だろうとそればかり気にかかる（一七）。『シスター・キャリー』は、職捜しの小説である。社会的な無から労働力商品へ、労働力商品から性的商品へ、性的商品から美的商品へと「上昇」しつつ彼女がくり返す職捜しは、敷居を越えて、外側から内側へ入りこもうとして戦慄し、逡巡し、躊躇する瞬間の人間心理をあざやかに表象する。だがというか、したがってというか、このストーリーは、越境の瞬間にもっぱらとどまりつづけ、境界線を漂流するばかりで、向こう側の到達点については、いつまでも、何も、知らない。ドライサーの小説の描写は境界線において異様に鮮明である。なぜならそれは、出発点と終着点とを欠いた、境界線という中間的移行状況だけを構造原理としたプロットだからだ。

ブルックリンにスト破りに出かけるハーストウッドは、急造運転士としてふたつの地点のあいだを無意味に往復し、振子のように揺れる。しかもその「ハーストウッドのブルックリンの冒険」(三一三)のなかでシカゴ時代の夢を見て時間のなかを漂流するばかりではなく、もっと重要なことに、彼は、ブルックリンにスト破りに出かける前と後ですこしも状態に変化を生じさせはしない。出かけるまえ、「一〇月が過ぎ、一一月も過ぎた。気がつかないうちに真冬が来て、彼〔ハーストウッド〕はそこ〔窓際の定位置〕に座っていた」(二九五)のだが、ブルックリンから戻ってきても、「どうやらまだ夢を見ているような様子で、顔と手を洗い、髪をとかした。それから何か食べるものを捜したが、とうとう空腹を感じなくなり、居心地のいいロッキング・チェアに腰掛けた。本当にほっとした」(三一三)のである。座っている状態から立ちあがり、そしてまた座っている状態に戻って安心する。ここには運動はあるが、全体として結局前進も後退も存在しはしない。それはたんなる振子の運動にすぎない。

落魄したハーストウッドは、最初は職をもとめて、そして徐々に無目的に、ニューヨークの街を漂流する。

彼は何ブロックか北へ歩いた。彼の時計はまだ一時半であることを告げていた。彼はどこか行く場所、何かすることはないか考えようとした。不愉快な天候だったので、ただどこか建て物のなかに入りたいだけだった。とうとう足が濡れて冷たくなりはじめて、彼は市街電車に乗った。それで五九丁目まで行った。どこでもよかったのだ。そこで降りてもと来た方へ七番街を歩いた。だがぬかるみは耐え難かった……。(二五八)

目的地もなく彷徨するハーストウッドは時間にうながされて動いている。世間の人がしたがっているのだろう外的な標準に自分もしたがおうとして動いている。しかしそれは表層のことにすぎない。彼はほんとうは時間をやり過ごそうとしている。ニューヨークのホテルで出っくわしてしまった昔の知り合いを避けるために、彼がそそくさと寒い外の街へとふたたび漂い出ざるをえない(二五七-五八)ように、彼の漂流運動は、世間の時間と出会うのを避けるために行われる。ハーストウッドの運動は、時間の標準化する力の関数として、この力から逃れようとする衝動としてあらわれる。彼は、最初、時計が刻む時間があるからこそ、そのなかをかろうじてさまよい、それにつながりとまろうとしている。しかしやがて、ブルックリンの車庫で見たシカゴの夢のような、過去と現在の区別、時間の前後の区別が混乱した、標準時からの完全な疎外状態が訪れるようになる。「新聞記事を見つめたまま知らないうちになにか他のことを考えている」ようなことが何度かかさなる。シカゴで人気者だったころの情景のなかにいたりする。われにかえると「時計のチクタクいう音が聞こえ、眠ってしまったのかと思う」(三二五)が、そうでもないらしい。たびかさなると、こんなこともそれほど奇妙には感じられなくなる。このとき時計は、この混乱して方向なく漂う時の外にあって、まだそれなりに規則的な時間をつかさどっている。しかしそれは、漂う時にとっては、かなり離れた場所で起こっていることのようで、ときに、ふと、顔を覗かせて去るにすぎない。

やがてキャリーがハーストウッドを捨てるとき、彼女はいかにも物に執着する彼女らしく、自分の持物である「装飾用の置時計」を持っていってしまう。一一〇丁目のハーレムリバーまで無目的な散歩に行って帰ってくると、ハーストウッドは「部屋が何かへんだと思った。何だろう。彼は何か足りないものがあると思っているみたいに、周囲を見回した」が、やがてキャリーの書置きを見つけて読み、事情を知り、そして、「その書置きを落として、ゆっくりと周囲を見渡した。何が足りない気がするのか、やっとわかった。それは小さな装飾用の置時計だった。彼女のものだった」のである（三二〇）。ハーストウッドはそれほど嘆かない。無理に動かなくてもいい言い訳を手に入れてほっとしているみたいだ。彼をキャリーとの駆け落ちにおいたてたのが時計だったのと反対に、時計の喪失は、運動の停止を正当化してくれるだろう。それなりに前進する規則的な時計の時間が存在しなくなれば、ハーストウッドの時は、緩慢な下降螺旋を描いて漂流しながら沈澱していけばいい。

こうしてドライサーは、前後の区別もない、はっきりした構造をもたないみょうな時間を作中人物に生きさせる。その時間の中で、人びとは振子のように揺れ漂う。その時間の外へ人間を連れ出す役目を、時計の時間が、いちおう、担っている。人物たちが逡巡したり右往左往したりして漠然と時をやりすごし、時間が前進しないでゆらゆら揺れていると、時計の時間がやってきていちおうはその先の標準的な行動をうながす。だが、その時計の時間から解き放たれたとき、運動はほんらい停止してしまおうとする性質を持っているかのようである。

未来の不在

『ジェニー・ゲアハート』に目を転じてみよう。『ジェニー・ゲアハート』のひとびとは無闇に引っ越しが好きで、ジェニーはコロンバスからクリーヴランド、クリーヴランドからシカゴへと居をうつし、シカゴでも四回住居をかえる。ゲアハート家の他の家族やレスター・ケインの移動も勘定に入れれば、『ジェニー・ゲアハート』全体が作中人物たちの引っ越しの報告書のようでもある。だが、ここでもまた、どこへという目的地があって、彼らは移動しているわけではない。ゲアハート家の子どもたちは、最後には霧が吹きちらされるように拡散してしまい、父の葬儀にさえ長男のバスがしぶしぶ顔を出すだけだし、レスターに至ってはいろいろ動いて元の百万長者の状態に帰還するだけだ。

『ジェニー・ゲアハート』の作中人物たちのもっとも愛用することばのひとつは、「そのうち」「すぐに」である。レスターは、ジェニーとの暮らしのために、シカゴに「妾宅」を用意する。そこへ出発しようとするジェニーに、父ゲアハートは、亡くなったブランダー上院議員とジェニーのあいだに私生児として生まれた娘ヴェスタのことを、もうレスターに話したかと尋ねる。

「もう彼に話したのか」、出発の予定日が決まると、彼は尋ねた。

「まだよ。でもすぐに話すわ」と父を安心させようとした。

「いつも、すぐにだ」、彼は言った。(*Jennie Gerhardt* 一七〇)

しかしレスターにヴェスタのことを打ち明けられないジェニーは、そのシカゴの妾宅に娘と一緒に住めない。


「お母さんと一緒の家にいつ住めるの」というのが、彼女が素朴に、頻繁にくり返す質問のひとつだった。ジェニーはママは今すぐにはヴェスタと一緒になれないけれど、ほんとうにすぐに、できるだけすぐに、ヴェスタとずっと一緒に住むようになると答えるのだった。

「はっきりいつかはわからないの」

「うん、はっきりいつかは言えない。ほんとうにすぐよ。もう少しだけ待つのはかまわないでしょう……」(一七六)

彼らも、ハーストウッドに似て、時間が問題を解決あるいは解消してくれるのを、漫然と待っている。「彼女と結婚するかもしれないし、しないかもしれない。今は自分がどうするか言う準備ができていません。待ってください」(二四一) と父に言っていたレスターは、「三年以内」の期限が来るまでは、ゆらゆらと、別れるか結婚するか、このまま内縁関係をつづけるかという三つの選択肢のあいだで揺れつづける。それより何より、ジェニーを自分が真実愛しているのかそれともいないのかがわからなくて動揺し逡巡しつづける。

レスターにはジェニーを見初めるまえに親しかったレッティー・ペイスという女性がいる。資産家の娘で資産家と結婚し、その資産家に死別して裕福な寡婦となった彼女と、彼は旅先で再会する。レスターが、「なぜ彼女(レッティー・ペイス)と結婚しなかったのだろう。……そのかわりに自分は漂って、漂って、そしてジェニーに出会ったのだった」(二六六) と思ったりする女性である。ジェニーとレスターとの仲が正式のものではないことを見抜いたレッティー、今はジェラルド夫人は、レスターとの再婚を策してシカゴに引っ越してくる。そんなジェラルド夫人に彼は言う。「心の底を尋ねても、今この瞬間、僕はジェニーをあきらめたいのかどうかわからない。正直言って、ほんとうにどうしていいのかわからない」。そんな彼にジェラルド夫人は「何かの行動を取らなきゃいけないわ」とか「ただ漂っているわけにはいかない」とか「漂っていられる立場の人じゃないでしょ」（二九〇）とか言うが、レスターは、「そんなに急げない。……考えてみたい。まだ時間はある」（二九二）という彼らしい反応をいつまでもくり返す。

『ジェニー・ゲアハート』という小説のたいへん多くの部分を、この選択不可能で、時間稼ぎする心理状態の報告が占めている。全パラグラフが疑問文の集積でできていたり、悪名高い“and yet”が尽きることなくくり返されたりして、その結果『ジェニー・ゲアハート』の読者は、まず何はさておき忍耐力の危機に直面することになるので、このことはこの小説にとってけっして無視していい特質とは言えない。[5]

こうして、レスターもハーストウッドやクライド・グリフィスと同じように、「漂流」する。[6]やり手の兄ロバートが馬車製造業のトラストを作ったというニュースに接したレスターは、「時間をかけて、この成行きを見なければいけない」と言うが、動揺は隠せない。そこでジェニーも「レスター、私だったら急いで何かをしようと思わない。時間はたくさんあるわ」と慰める。たしかにまだ父の言いのこした期限まで二年あるのだが、レスターは、「それにしても兄は目もくらむような勢いで前進していた。彼は同じ所に立ち止まっているのに。いや《漂っている》というほうが適切かもしれない」（二七九）と思うのである。

ドライサーの登場人物には、未来がまったく見えないと言っていい。

過去の不在

振子運動は、「人が動いているのにどこへも行かないことを可能にする」(Fisher, *Hard Facts* 一五四)あまりにも有名なキャリーのロッキング・チェアー運動に、そのもっとも抽象的で形式化され、運動の具体的な内容を捨象された、象徴的形態を有している。

だが『ジェニー・ゲアハート』では、この振子の中身をもうすこし具体的に見る必要がある。レスターには、正直者でしかも事業に成功した父アーチボルド・ケインのなかには同居していたふたつの性質の片方、「事業に成功」する性質だけをもっぱら継承した兄ロバートがいる。「レスターが漂っているあいだ、ロバートははたらいていた。いつもはたらいていた」(二三八)のである。しかもロバートは、ただはたらくばかりでなく「冷たい、論理的なやりかたで問題をとことん議論し」て「変化が必要なんだ」と説く近代化論者である(一六八―一六九)[7]。レスターにはこの自分の分身ロバートが代表する今から未来にかけてのご時世、新興成金風の強引な経営手法と「集中」

の指導へのコミットは不可能である。彼は正直者でこれからのビジネスマンに必須のこすからさを持っていない。レスターが父から継承したのは「事業に成功」するほうの性質ではなかった。

老アーチボルドはとことん正直者だった。レスターは、率直にものを言うこと、そしてありのままに事実を述べることを、彼から受けついだ。アーチボルドはいつも、くり返して言った。「けっして嘘をつくな。自分にとってそうであるのと違うふうに、ものごとを見せようとけっしてするな。本当のこと、それが人生になくてはならんものだ。本当の価値はそこから生まれる。商売の成功などではそうはいかん。本当のことさえ忘れなければひとかどの人物になれる」。レスターはこれを信じた。(二五二)

ロバートはトラストの盟主になる。だが、自分で事業を起こそうとするレスターは、家業の馬車製造や、これまでは成功した実績のある不動産業者と組んでの土地投機とか、ありきたりなことしか考えられない。彼は、世間の陋習か愛かとか、冷たい家庭か暖かい家庭かといった、現在すでに存在する価値の枠組のなかでの動揺しか行うことができない。こうして彼は、ただ現在の中で逡巡と動揺をくり返し、未来のもたらすものをなるべくなら見ようとしない。

ドライサーの未来は、キャリーのばあいのように漠然とした期待の対象であったり、レスターのばあいのように曖昧な嫌悪のまとであったりはしても、輪郭を拡散させていて明瞭な姿を見せようとはしない。しかし、だからといって代わりに過去のイメージを発見しようとしても、それはなおさら困難だ。

『ジェニー・ゲアハート』では、母と子の結合は再生産の神話を一手に引きうけて称揚されているが、ゲアハートの一家でもケインの一家でも、父と息子の断絶、父親から子への反復の不能は、その何倍も強調されている。ケイン家では、父親の事業のやりかたは彼一代限りに運命づけられている。アーチボルドは、たんなる合理主義者のロバートがそれをくり返さないことを知っているがゆえに事業をロバートに譲らざるをえない。ゲアハート家では、最初から決定的に明瞭な世代と宗教と文化と言語の差がだんだんに拡大されて、ジェニー以外の子どもたちははすべて文字どおりどこかへ雲散霧消してしまい、父ゲアハートは「わしの人生全体は結局無に終った」(一七二)と嘆くことになる。じっさい、この小説に現れる家族は、すべて崩壊していると言っていいのだが、そのことを何よりも皮肉に明らかにしているのは、薄幸のジェニー・

ゲアハートがつかのま味わう家庭の幸福の構造である。レスターとジェニーは、シカゴ郊外の中産階級の住宅地ハイドパークに、ヴェスタを連れて移り住み、やがてジェニーの父ゲアハートも、娘が正式に結婚しているという嘘を信じるふりをして、同居することになる。しばらくすると、レスターとジェニーの仲が内縁のものであることが隣近所に知れ、ジェニーは孤立する。だが、この家族は幸せそうに見える。

ゲアハートが庭をぶらつき、ヴェスタが学校から帰ってき、レスターが朝しゃれた二輪馬車に乗って出かけるのを見れば、ここには平穏と充足がある、不幸の影など何ひとつ、この魅力的な家にはかかっていないと、ひとは言ったことだろう。

（二三〇―三一）

そしてじじつ、幸せそうに見えるだけではなく、これが『ジェニー・ゲアハート』にあらわれるもっとも安定した家庭であり、このとき「ジェニーは、彼女の人生の夢の数年間」（二三三）を送っていたのである。しかし、三代にわたる自然な家族のように見えるこの一家は、すくなくとも父親と子の関係から見るかぎり、自然な家族などではまったくない。ヴェスタはレスターの子ではなく、父ゲアハートはレスターの父ではない。そのうえレスターとジェニーの関係も、世間が認めるものではない。父子の関係を捏造したこのニセの家族こそが唯一本物の親愛の領域を構成しえているということこそ、この小説における父親から子への反復の困難を、何よりも強く指ししめしている。移民二世でアメリカの神話的過去と比較的無縁であり父祖たちの過去についての神話的意識を欠如させたドライサーは、過去のビジョンをも欠いている。(8)

＊＊＊

時計がひとびとを駆動するせわしない時代が始まっていた。「過去と未来が混在」し、「未来が過去のなかにあり」、革新主義が、少なくとも一部「過去への進歩」(9)を理念のなかに含んでいたような時代だった。そのなかで、過去も未来も見えない現在が続くのがドライサーの時間である。それは小説のプロット構造としては『ジェニー・ゲアハート』のように停滞として実現することもあり、『シスター・キャリー』に充満する越境体験としてあらわれることもある。『ジェニー』の気の遠くなるような退屈さと、『キャリー』の沸き立つような生命感は、同じところから来ている。過去とも未来ともきりはなされた現在を、瞬間においてとらえれば『キャリー』の越境の高揚が、同じ現在時をどこまでも遷延すれば『ジェニー』の沈滞がえられるのである。

振子の停止

前後の時間を欠いた現在のなかの漂流と停滞は、越境の特権化にほかならない。ブルックリンからマンハッタンへとフェリーで帰ろうとするハーストウッドを雪が包む。

> 彼は目も見えなくなるほどの雪嵐のなかを家を目指して歩き、夕暮れにはフェリーに着いた。船室は何の悩みもなさそうな人たちで一杯で、彼らは珍しげにハーストウッドを観察した。彼の頭はまだぐるぐる回っていて、何がなんだかよくわからなかった。白い嵐のなかの川にキラキラする光の奇跡も、彼には存在しないも同然だった。(三一三)

ブルックリンのエピソードを額縁のなかへと疎外し、物化し、『シスター・キャリー』という物語におけるその前後、物語の過去と未来からきりはなす雪である。ドライサーの作中人物たちの生きる漂い流れる現在から、過去と未来を見えなくさせる何ものかの形象である。そしてやがては、ハーストウッドを振子の煉獄から遮蔽する雪である。雪は都市の運動を停止させようとする。

昼も夜も休まずに雪が降った。そして都会のあらゆる交通が遮断されはじめた。……つぎの日もまだ雪が降っていた。そのまたつぎの日も。刺すように寒かった。ハーストウッドは新聞の警告を受けいれて、じっと座っていた。(二五六―五七)

キャリーがコートなしでは過ごせないと恐れた冬。石炭のないゲアハートの一家が固く身構えて待った冬は、ドライサーが飛び抜けて美しく描くことのできた季節である。

まだ四時だというのにもう、暗鬱な夜の色で空気が重くなりはじめている。雪がしきりに降っていた。細かい、突き刺すような、鞭打つような雪が細く長い糸になり、疾風に乗って運ばれてくる。通りにはその雪が敷きつめられていた。六インチの深さの柔らかいカーペットが、馬車馬の蹄と人間たちの足で踏みつぶされ、かき乱されて汚い茶色に変わっている。……ケーブルカーには早めの明りがともされていて、いつもの騒々しい音が、車輪に掛けられた覆いのためにあまり聞こ

えてこない。都市全体を、この見る見る厚くなっていく覆いが包んだ。(三六三)
そのモノクロームの風景のなかで、都市の運動は停止する。ハーストウッドの振子も停止する。

注

(1) Painter 一四一−九三などを参照。

(2) Macey 一八−一九 による。

(3) Shlereth 三〇−三一; Nye 一八九 による。

(4) Fisher, *Hard Facts* 一四〇−四一; Howard 四三 も参照。

(5) リー・クラーク・ミッチェルは、ストーリーとディスコースの両方のレベルにさまざまな種類の反復があらわれることによって、ドライサーの作品のナラティブ・スピードが極端に低下することを、『アメリカの悲劇』にそくして丁寧に分析している。同じことを遠くからまた近くから、外側からまた内側から、事件の起こるまえに先説法で、起こったあとで後説法で述べるなどの、ディスコースの特性の分析において、ミッチエルはたいへん正しい (Mitchell 五五−七四)。ただし、これらの物語技法は、すべて肝心な出来事の不可避性の雰囲気を高めるという彼の主張には、まったく賛成できない。これらの物語技法は、ドライサーの作品でかならず起こるであろうと読者が予想するナラティブ・スピードの低下が、ああやはり「不可避」に起こったと、読者を慨嘆させるのであって、ストーリーの中身で生起する出来事の運命性と関係してはいない。ヘンリー・ジェイムズの、ドライサーよりはるかに遅いナラティブ・スピードは、そこで起こることの必然性、不可避性、運命性と関係しているだろうか。

私の関心は、もっぱら話の中身のレベルで振子状の前進不能が生じることにある。ナラティブ・スピードの低下は、それに伴って起こる副次的な現象である。

(6) ドライサーにおける「漂流」の意味については、Michaels, "American Tragedy" を参照。

(7) アーチボルドとロバートの対照は、コンの紹介する "benevolent commerce" と "rapacious commerce" の対立に照応している (Conn 五四)。

(8) ドライサーは、ドイツの父方の先祖についても、無知あるいは無関心だったらしい (Lingeman 一九―二六)。

(9) Hofstadter による。

Ⅱ　時間

「地方」の時間
――セアラ・オーン・ジュエットと時計の抑圧

反探求譚

マーサは山から出てきた貧しい娘である。パイン嬢のところに奉公にきたが、器用にしごとが覚えられなくてしかられてばかりいる。パイン嬢のいとこの若いヘレナ・ヴァーノン嬢が、ボストンから訪れる。彼女は優しい。マーサのしごとぶりをほめてくれる。マーサはすっかりヘレナが好きになる。またくるといってヘレナ嬢は去る。でも彼女はやがてボストンで結婚する。外国で暮らすことになる。四〇年がたつ。パイン嬢にとってなくてはならない伴侶となったマーサは、日曜日の午後がくるたびに窓辺に座って、ヘレナからもらった鏡と鋏とウェディングケーキを見て暮らしている。歳をとり夫に死に別れたヘレナが、思いがけずまた訪れる。ヘレナはマーサの気持ちを知る。「何年もの年月は数日のこととしか思われなかった」(Jewett, "Martha's Lady" 二七六)。ふたりの女性のあいだの愛情の物語が成就する。

セアラ・オーン・ジュエットの「マーサの姫様」（一八九九）は、過去と現在の区別を消滅させる物語である。ヘレナの結婚の当日の叙述のつぎの段落は、四〇年後に窓辺に座るマーサを描写する。四〇年の時間の経過を、段落変更のほんのちょっとしたブランクがしめす。物語の中身では時間が経過しているのに、叙述はそれにまったく言及していないように見える。だがそうなのだろうか？ジュエットの物語の中身には、棒のようにまっすぐ伸びた時間が存在していて、その一部が省略されることを許しているのだろうか？

『ディープヘイヴン』（一八七七）の、ボストンに住む二四歳の語り手は、友人のケイトの誘いで、ひと夏をニューイングランドの海沿いの田舎町、ディープヘイヴンですごす。ある日語り手とケイトは、イースト・パリッシュという「ディープヘイヴンよりさらに活気のない」村を訪れる（Jewett, *Deephaven* 一二五）。そこでチョンシー嬢という「古い植民地時代からつづくもっとも貴族的な家系のひとつの最後の生きのこり」（一二六）に会う。家運がすっかり傾いてしまったせいで、チョンシー嬢は精神に異常をきたしている。彼女は「人生の終わりと始まりを比べてみることができな」くて（一三二）、現在から取りのこされた過去に住んでいる。幸せだった娘時代の出来事や知りあいの話ばかりをする。だが、彼女の話しかたは気になる話しかただ。彼女は

「ボストンからここにくる人は滅多にいない」と言うのである。みんなわざわざチョンシー嬢を訪ねてくるのがいやで、「私の訪問を待っている」（一二九）のだそうだ。この人の頭のなかには、時間を空間に自動的に変換するしかけでも埋めこまれているみたいである。

チョンシー嬢は、たしかに時の過ぎたのを知らない。まっすぐに伸びた時間の棒は圧縮されてまったく長さをうしなう。だが棒が消滅するように感じられるのは、読者があらかじめ棒を想定しているからではないだろうか。ここには最初から棒などなくて、ただふたつの時刻が同時にボストンとイースト・パリッシュとしてあらわれているだけなのではないだろうか。娘のマーサと老人になったマーサのふたつの現在があるだけで、ジュエットの世界では、時はそもそも棒のような直線ではないのではなかろうか。

もっとも、ジュエットのテクストの時間が直線的に進行しないことは、いまさら言うまでもないほどよく知られた、あたりまえに近い事実である。彼女の代表作『とんがり樅の木の国』（一八九六）の読者はだれでも、これがプロットらしいものをあまりはっきりとは持たない散漫なエピソードの集積であると感じる。メイン州のダネット・ランディングという架空の港町に都会からやってきてひと夏滞在する物書きの語り手は、下宿に選んだ家のあるじトッド夫人とともにハーブ摘みにでかけ、グリーン・アイランドにトッド夫人の母ブラケット夫人を訪ね、ブラケット夫人の一族であるボウデン家の年に一度の集合の儀式に参加する。そして、トッド夫人を訪ねてくるフォスディック夫人の昔語りや、リトルペイジ船長やイライジャ・ティリーのような生気をうしなったもとの船乗りたちの物語に耳を傾ける。それだけの話である。

エリザベス・アモンズやジョゼフ・アレン・ブーンのような研究者は、たったそれだけのこの『樅の木』のナラティブの構造を詳細に分析して、それが直線の比喩ではとらえられないしくみを持っていることを明らかにした。人間の相互関係と結びつきを忘れずに維持する根本的に女性的な経験を、この物語の構造は反復し再生産しているのだとアモンズは言う。

この構造は、直線的ではなくて核を中心にした姿を持っている。物語はつねに基地からある地点に出ていってまた戻り、ふたたび別の地点に出ていってまた戻り、また出ていって戻るということをくり返す。それは蜘蛛の巣状の幹線交通網のようだ。……ここでは真ん中に重心がある。……語り手は、なんらかの目標地点に達するためにいろんな人たちに会うのではない。彼女は自分の人生に複数の方向

から新しい友情をつけくわえていく。(Ammons 五二)

この蜘蛛の巣構造は、「メインストリームで西欧的で男性的」な「成長と経験」の物語、たとえて言えば「梯子」みたいにだんだん昇っていって最後の方に絶頂体験のくる棒状の時間のしくみとは対照的である。『樅の木』の同心円的構造にアモンズとは別個に着目したブーンの論ずるところも、アモンズの議論とほとんどかわらない。男性的な探求の物語の対極に『樅の木』の世界があると、ブーンは言う。

探求が未知のもののなかへと執拗に「侵入」していくのとは対照的に、トッド夫人と語り手のお出かけはいつも構造が循環的だ。それは既知のものを肯定し、すでによく知られたかわらない真実へいつも戻ってくる。共同体の輪を広げる精神のためになくてはならないコミュニケーションの回路を、こうした巡礼は確保する。(Boone 三〇九)

『樅の木』は、結婚というフィナーレに向かって進む「伝統的」なナラティブとは違う。それは、「おおむね独身だったり寡婦だったりする女性たち」が「連続的ではなく累積的に」体験を積みあげていく「反伝統的」な物語群に属している。「精神的紐帯と自立とが調和して共存する」その世界では、「時間は目に見えるかたちでは季節として循環し、目に見えないかたちでは記憶として循環している」(三〇四)。そのようにブーンは主張する。

ジュエットは、衰退期のニューイングランドをささやかだが珠玉のようなスケッチに記録した、マイナーだが完全に忘却するのもためらわれる作家だと、伝統的には評価されてきた。アモンズやブーンのしごとは、女性のナラティブとかコミュニティーのナラティブといった方向からもっと積極的な評価をこの作家に与えようという八〇年代の傾向に属している。『樅の木』の時間の構造の分析は、男性的ナラティブとは対照的な女性的ナラティブというものを彼らが想定するとき、その特徴の一部分を規定するために利用されている。だがジュエットのテクストの、この棒状一直線ではない時間の構造を、産業主義の文化の文脈に置いてみるのも一興ではないかというのが、私の考えである。

時間倒錯《アナクロニズム》

ジュエットの最初の本『ディープヘイヴン』でも、時間はいっこう直線的に前進しない。語り手が語るのは、友人のケイトとディープヘイヴンですごした「あの喜ばしかった夏」(一二)の思い出だ。ふたりは最近死んだケイトの大叔母、ブランドン嬢の住んでいた大きな家に滞在し、沖の島で灯台を守るキュー夫人、村に住むパットン夫人、漁師のダニー、サンズ船長、西の方の山のなかに住んでいる貧しいボニー夫人、それにイースト・パリッシュのチョンシー嬢などを訪れては、話を聞く。キュー夫人といっしょに近在の町にきたサーカスに出かけていったりもする。『樅の木』の語り手がトッド夫人の家にかならず帰ってくるように、ふたりの娘もいつもブランドン嬢の家に戻ってくる。多くはこの地方の方言で語られるそれらの話がつぎつぎに読者に披露されるが、話と話のあいだに因果関係は当然あまりなく、『ディープヘイヴン』全体に筋らしい筋はない。ここにはみんなのお話が集積しているだけだ。

語りが出来事を報告する順序もすこし妙である。キュー夫人と最初に会ったエピソードの最後や、ダニーに船の上で飼っていたネコの話を聞いた直後に、話は急にふたりの娘がディープヘイヴンを去る日に跳躍して、その日のキュー夫人やダニーの様子が語られる。キュー夫人にふたりが会うのは、一二マイル離れた鉄道の駅から、乗合馬車でディープヘイヴンに向かう最初の日のことである。「喜ばしかった夏」の滞在の最初の日に最後の日の出来事をさっそく持ちだすこの語り手は、最初の日と最後の日の区別など、さして気にしていない様子である。

語りかたが時間倒錯《アナクロニズム》に支配されているだけではない。語られるディープヘイヴンの町自体が歴史的時間に逆らっている。「鉄道からほとんど一二マイル離れている」ディープヘイヴンはたしかに不便だが、「ここにはいちども工場のようなものが入りこんできたことがなく」、そのうえ「不愉快な外国人たちが住んでいない」ので、「とても気分がいい」と、この町の人たちは考えている（四〇–四一）。どちらかと言うと「イギリス風」のこの町は「ぜんぜんアメリカンではない」ので、工場ばかりか「興奮もなく」て、「すこしでも急いでいるような感じの人はひとりもいない」（五五）。ディープヘイヴン界隈では、チョンシー嬢だけが直線時間を生きていないのではない。このテクストの全体が直線時間のなかにはないのである。

しかし考えてみれば奇妙な話だ。ジュエットがのちにこの本に収められることになるディープヘイヴンを舞台にしたスケッチの最初のもの、「岸辺の家」を『アトランティック・マンスリー』誌に発表した一八七三年といえば、金ぴか時代の真っ只中、マーク・トウェインが『金ぴか時代』の執筆にいそしんでいたころである。急激な経済の変貌と成長によって「風景が不動産に、土が土地に変換され」る「未来／先物価格の時代」だった (Fisher, "Mark Twain" 六二八)。そうしたなかで、見知らぬ未来も変化も受けつけようとしないジュエットの姿勢はきわだって見える。

フリーマンと時計の時間

見知らぬ未来を遮断するからといって、彼女はあらかじめ決定されたゴールに向かって進むのでもない。そしてそれはそれほど当然なことではない。衰退期ニューイングランドの年代記作者としてジュエットと名前を並べられてきた作家に、メアリー・ウィルキンズ・フリーマンがいる。ニューイングランドの寒村で、ひたすら何かを我慢しているようなひとびとを描くフリーマンの初期の短編群にも、たしかに停滞と衰退の影は濃い。だがフリーマンの登場人物たちの我慢は、ちょっとかわった我慢だ。

『ささやかなロマンス』(一八八七) に収められた彼女の短編の住人たちは、例外なく柔軟性を欠いている。「我慢強い待ち手」の女主人公フィデリア・アルミーは、遠い昔に恋をした。恋人はカリフォルニアにお金を作りにいった。かならず手紙を出すと言った。フィデリアはそれから三〇年間、家から「一マイル離れた田舎の雑貨屋の隅にある」郵便局へ、「くる年もまたくる年も、毎日二回」通いつづけている（Freeman, "Patient Waiter" 九二）。「正直者」は、パッチという名の七〇をすぎた女性の物語である。彼女はキルト作りで貧しい生計を立てている。あるとき近所のふたりの女性から同時に頼まれたキルトを二週間かけて丹念に完成させたパッチ嬢は、材料のキャラコを取り違えていたことに気がつく。彼女は完成したキルトを解体し、二週間かけてまた縫いあげる。だがどうだろう。今度もまた間違えていたことがわかる。最初は間違えていなかったのだ。パッチ嬢は、ふたたびキルトの解体と再構築にとりかかる。「彼女は長い午後中そこに座って、あんなにていねいに縫いこんだ糸を切った。小さな、昂然とした、年老いた姿。平たくて黒いレースの帽子をかぶった彼女の頭は、手の動きにあわせてピョコピョコと上下した」（"Honest Soul" 二〇）。規則的で反復的な彼女たちの行動は、意図的に機械じみたものとされている。

だがこうした行動が、ゴールの概念と無縁かというと、そんなことはない。いつかくるはずの恋人の手紙を「わたしゃまだあきらめるつもりはないよ」（一〇五）と言いのこして死んでしまうフィデリアも、「人様のキャラコをごまかしたことは一度だってない、わたしゃいつでも正当な報酬をもらってきたんだ」（二二）とつぶやきながら労働の対価を得ようとしているパッチ嬢も、目標に向かってむしろ頑強に前進している。ただ、その目標は、中身が完全に風化して、空洞化しているだけだ。フィデリアの恋人を「神のように美しい」(九七)と想像するのは、世間をまだ知らない手伝いの少女リリーだけだし、食べ物もとらずに頑張りすぎて、気が遠くなってひっくり返ってしまったパッチ嬢は、じつは近所の人の親切にいつでも助けてもらえるのである。

目標が空洞化して頑強な前進運動だけが残るとき、前進運動は自己目的化する。ジュエットの世界をもっともよく表象するのが、座りこんでおしゃべりに興じる女性たちだとすれば、すこしも重要ではない行き先に向かって背筋だけを妙に伸ばして道をいくのが、フリーマンの登場人物たちである。

「ふたりの年老いた恋人たち」の舞台は、「何年も前にハイラム・ストロングという人物が建てた、アメリカの労働者のための粗野な靴の製造工場三軒」("Two Old Lovers" 一)のまわりにその工場の労働者たちが集まってできた町で、「Aさんは Cさんのような家を建て、BさんもDさんみたいな家を建てた」(二)ので、町中の家が「全部白い」(二)。工場はもうとうに盛りを過ぎたが、それでもつぶれてはおらず、「毎朝七時になると、老人も、青年も、少年も……白い家々の裏口から一列になってでてきて、家々の回りのすでに踏まれてすりへった通り道を踏んでもっと深くしながら、工場に入って」(二)いくのである。昔栄えた工場。その工場が昔の繁栄を失って惰性で操業するようになっても、繁栄の時代に身についた勤勉でよく組織化された行動の原則だけは保持されている。この町で、デイヴィッド・エヴァンズという老人が、「毎日曜日の夜きっちり正確に八時に」、マライア・ブルースターという老嬢の家を訪れるために、なんと「この二五年間」(四)かかさず通りを進んでいくのを、ひとびとは見てきた。フリーマンの時間は、一方向に向かって不可逆的に確実に進む。だが同時にそれは、終末によって保証され意味づけられることのけっしてない時間だ。しかもここでは、人間の営みがあって時がそれを計っているのではない。時刻が告げられると、人間がそれにあわせて動きだすのである。これは時計の時間である。

神の所有物である時間を自然がしめす。そして天体の運行の「写本」として時計が時を告げる。そうした時間のありかたから、発展する産業主義、なかでも鉄道会社による地域時間帯やひいては標準時の導入によって、標準時計のしめす時刻が事実上時間の源泉に化していく過程が、十九世紀、とりわけ南北戦争後のアメリカで進行した(オマリー 七一―八五)。太陽が南中したから一二時だというのから、一二時三分になるとこの土地では太陽が南中するという事態への変化が起こった。これでは太陽は、日曜日の夜八時になると家を出てくるデイヴィッド・エヴァンズみたいなもので、時計の都合にしたがって従順に動いていることになる。時間があってそれを時計が刻むのではなくて、時計の刻んでいるものを時間と言う。自然から時計へと、こうして時間の根拠が移動する。時間を時計がしめすのではなくて、時計がしめしているのが時間なのだというこの逆転後の時間を、時計の時間と言う。そして、「一八九〇年までには、時計の時間の覇権は揺るがないもの」(Lears 一二)となっていた。

さて、すると円環的時間観と直線的時間観の古くからの相克にも、ある種の決着がつく。直線的時間観が優勢となる。時計の刻む時刻の順序ははっきりしている。時計の刻む時間は不可逆的である。一方向的である。と同時にそれは必ずしも終末ないし目的を持ってはいない。終末ないし目的によって意味を付与されていない。前にだけ棒のように延びており、しかもどこまで行っても棒に先端がない(1)。完全に形骸化し、実際上はすでに存在しない目的に向かって、まったく同じリズムを維持しながらただ前進する人びとを描くフリーマンの時間は、そうした典型的な時計の時間である。

最近ではジュエットと同じように、自立への強い行動を秘めた女性の強靱な精神力を描いたと評価されることもある(Kaplan, "Nation, Region, and Empire" 二五四―五五)フリーマンだが、それでも「リージョナリズムのラベルにもある意味ではうなずける」ところがあり、それは「アメリカの大都会で急速に消滅しつつあった種類のニューイングランド的世界」を描いているからだとされる（Tichi 五九七）。それはそうにちがいないのだが、この人の世界は同時に、たいへん深く時計の時間に浸潤されている。

「地方」の誕生

こうしてフリーマンが時計の時間に浸潤された状態にあるとすれば、ジュエットはそれを抑圧している。フリーマンの物語が順序にしか進まないのに比して、ジュエットの物語は順序には進まない。くり返して言うまでもなく、『樅の木』の物語構造は、もっぱら空間的に分節されている。こころみに二一章からなるこの作品を、内容上まとまりのある物語単位にわけてみる。序章は語り手のダネット・ランディングへの到着を語る。二章はトッド夫人を紹介。三、四章は語り手が執筆場所に借りた学校の建物の話。五、六、七章は学校を訪れたリトルペイジ船長から聞く話。八、九、一〇、一一章はトッド夫人の母ブラケット夫人の住むグリーン・アイランド訪問。一二章と一四章がトッド夫人を訪れるフォスディック夫人にかかわり、一三章と一五章が「気の毒なジョアンナ」の物語とジョアンナゆかりのシェル・ヒープ・アイランド訪問に費やされる。一六、一七、一八、一九章がボウデン家の一族再会への参加の報告で、二〇章はイライジャ・ティリーの話。そして二一章で語り手はダネット・ランディングを去る。ここには、アモンズが指摘するように、個人主義的でしごとに追われる都会人の物書きから、土地のひとびとの共同体の儀式に参加して食物と精神を共有するようになる女性への成長の物語もかすかにないではない。それぞれの物語単位の生起する場所だけが重要で、どういう順序でこれらの物語単位をならべても全然かまわない、と言えば言いすぎになるだろう。しかしそれぞれの物語単位のあいだに因果関係のようなものはなく、時間的順序に必然性がないのも事実だ。しかしながら、ではジュエットが時間を気にしていないかというとそうとばかりも言えない。それぞれの物語単位は、日付も時刻も述べないながら漠然と時間の流れを表示する記述ではじまる。判で押したようにそうである。「のちになって」(二章)、「このあと数日間」(三章)、「それからずいぶんたってから」(五章)、「ある朝とても早く」(八章)、「ある晩」(一三章)、「ある日」(二〇章)。このくり返しは、お話というものがそんな始まりかたをするものだという度合を超えている。彼女は、時間を気にかけてはいるが、はっきりとは言わないように気を遣っている。そんな印象なのだ。時刻への言及を意識して避けている。しかし、もうすこしで時刻が顔をのぞかせそうなのである。

ジュエットはまた、外側の世界の事物にも意識的に言及を避けている。「『樅の木』

は、ジュエットの住んだ町サウス・バーウィックには存在した産業主義その他の十九世紀後半の生活のしるしをすべて消しさっている」と指摘するのはサンドラ・ザガレルである。サウス・バーウィックには鉄道の駅や織物工場があり、かなりの数のアイルランド系住民がいたのに、ダネット・ランディングにはこれらの痕跡はない（Zagarell 四四）。ここから『樅の木』の階級意識とナショナリズムを読みとろうとするザガレルは、ジュエット研究のもっとも新しい傾向を代表しているが、同じ事情を説明する別のやりかたもあることを示唆してくれるのは、エリック・サンドクウィストである。サンドクウィストは、産業主義がその標準化の力によって「地方」の独自性を脅かしたとき、逆説的に「地方」が可視化したと述べる（Sundquist 五〇九）。「地方」は、標準化の力をおおかれすくなかれ逃れてはじめて可視化する。ジュエットが外側の世界を描かないのは、外側の世界が存在したためだと言うのである。同じように、ジュエットが時計の時間を用いないのは、時計の時間が存在したからだ、と言うことができる。標準時計の時間が「地方」から時間を剥奪しそうになってはじめて、「地方」が陰画として可視化するからである。「地方」の女たちの生活のリズムが危機を迎えてはじめて、目的達成型の「男性的」ナラティブではないばかりか時計の時間にも支配されない「地方」の時間が見えてくる。

直線的時間の空間への変換と、時刻へのはっきりした言及の忌避、つまりは時計の時間の抑圧もまた、「とんがり樅の木の国」を夢として成立させるための装置のひとつにほかならない。
夢は抑圧された記憶を露頭させると言う。しかしここでは、夢が時間を抑圧している。『樅の木』は、船上からふりかえる語り手の目に「ダネット・ランディングもその海岸地方一帯もまったく見えなく」(Jewett, *Country of the Pointed Firs* 一三三) なるはっきりした終りを持っている。だが、トッド夫人との別れは、それと認識しにくいあいまいな終りだ。

トッド夫人は、急に何か忘れていたことを思いだしたように私に背を向け、どこかにいってしまった。だから私は、きっと戻ってくるつもりだろうと思った。だがすぐに彼女が台所のドアから出て門のほうに小道を歩いていく音が聞こえた。こんな別れかたはできない。私は彼女のあとを、さよならを言おうと走った。しかし彼女は私の急ぎ足の足音を聞くと、振り向かないで首を振り、手を振りながら通りを歩いていってしまった。(一三〇)

夢のなかにいて、夢の終りに気がつく人はいない。「とんがり樅の木の国」にいるかぎり、語り手は時間のなかにはもどれない。

注

（1）これは現代人の多くが共有する「基礎的な時間感覚」であり、「そこでは人生の意味も歴史の意味も、つぎつぎとそのさきにくる未来のうちに疎外されてゆき、もしそのはてに神あるいは人類の不滅を《要請》するのでないかぎり、すべての生きられた過去も現在も、そして未来も、限界を失った時間のかなたの虚無にその意味を霧消していく」とは、真木悠介の述べるところである。真木 一三。

フランク・ノリスと時計の殺害

パニック

フランク・ノリスは気持ちの悪い、定石どおりの解釈では説明しきれない剰余のたくさん残る作家だ。どのような定石による全体性への回収の試みも、定義によって剰余を残すにしても、ノリスは剰余の方にこそだいじな点が集中してしまうような、明晰な把握が困難であるような部分にこそ面白みのあるような作家だ。

『オクトパス』のS・バーマンが小麦に押し潰されて死ぬのは、自然が人間をはるかに超えた力をもっていることのアレゴリーだと考えるのはたやすい。しかしそれは納得はできても感心できるようなたぐいのことであるはずがない。プレスリーの乗った船の船倉の小麦の山に埋もれたバーマンの死体がインドに着くまでにどのように変化するだろうと考えること、人間（の死体）が自然にどのような悪影響を及ぼすだろうかと考えることの方がよほど私には切実だ。同じように『ピット』のカーティス・ジャドウィンに聞こえてくる「ウィート、ウィート、ウィート。ウィート、ウィート、ウィート」という耳なりが、単なる市場の仲介者を倒そうとする自然の生産力の声だと考えることはあまりにもたやすい。しかし、そうした説明は、ノリスがそう考えていたのだろうという意味で、虚偽ではないにしても、ノリスに多くの人が感じる「気味の悪いパワー」とはあまり関係がない。「ウィート、ウィート、ウィート。ウィート、ウィート、ウィート」よりよほど奇妙で忘れがたいのは、ジャドウィンの頭のなかにもヴァンドーヴァーと同じような閃光がひらめき、彼が夜中にうなり声をあげてとび起きつづけるということだ。

『レディー・レッティー号のモラン』は、船長以外は「サル」呼ばわりされる中国人の船員ばかりをのせてフカの油をとりに行く「バーサ・ミルナー号」にサンフランシスコの波止場から誘拐されてのせられたサンフランシスコのおぼっちゃまロス・ウィルバーが、やがて漂流中の「レディー・レッティー号」の「男の格好をした北欧の女」モランを助け、モランの指揮のもと中国人の半海賊と闘い、最後にはモランとも闘って「男」になるという（ウィルバーに敗れたモランは「女」になり、すっかりしおらしくなってやがて悪党に殺されてしまうというおまけつきの）話だ。そしてまた『レディー・レッティー号のモラン』は、漂流中の船「レディー・レッティー号」や死んで浮かんでいる抹香クジラは、見つけた人間のものかそれとも、もともとそれを持っていた人間のものか、あとからやってきて利用可能なものにした人間のものかという(メルヴィルのファースト・フィッシュとルース・フィッシュみたいな)アメリカという場所の所有権の根拠についての話としか思えない議論が展開される物語だ。だからこの小説を、アングロサクソン・ホワイト・メイル・スプリーマシー防衛のパニッキーな寓話として読むことは、容易だ。そしてそうした読みかたさえじゅうぶんに有意義であるほどに、この作品はみじめで滑稽で切実な佳作である。しかしそれよりもっと気になるのは、死体となって船室に横たわるモランの父の「レッティー号」の船長が、「顔を変色させて」「あお向けに」なっており、口からは「義歯」が半分とびだしており、「これらの歯をはめこんだ金」の「輝き」がまっさきに目につくことだ(*Moran* 七六)。いったんそれを盗んだ「バーサ・ミルナー号」の船長が、死んだ「レッティー号」の船長を水葬するだんになって思いなおし、金歯を上下さかさまに死体の口に突っこんで、海に船長ごと葬ることだ(八六)。そしてまた悪辣な半海賊で中国人のホアンをとらえたモランが、縛りあげたホアンの歯にヤスリをかけて拷問することだ。ホアンはどんなにひどい目にあっても口を割らないのに、歯にヤスリをかけられるとかんたんにまいってしまう(二〇〇)。いったいこのノリスという人はなんでこんなに歯が好きなのだろうか。「自然主義」や「決定論」で説明できるのだろうか。ノリス自身には説明できたのだろうか。

鳩時計

ノリスは歯と金がとても好きで、だから金歯がことのほか好きだったばかりでなく、時計も大好きだった。

マクティーグはトリナ・マクティーグを殴り殺す。しかしトリナは即死しはしない。五、〇〇〇ドルの金貨をとってマクティーグが去った後も、トリナはしばらく生きていて「明けがた、時計のゼンマイが切れて止まるときのような音のしゃっくりを、つづけて何度もして、死んだ」(*McTeague* 五二六)のだ。ここで殺されているのは時計(の刻む時間)である。トリナが「時計のように死ぬ」というのは「時計が死ぬ」ということである。ここでは、比喩的な読みこそが素直で文字どおりの読みかたであるように思える場所で、無理やり文字どおり文字どおりに読み、"to kill time" を無理に「時間を殺す」と訳すようなことをあえて行って、レトリックの背後の動機をさぐってみようと思う。

ぜんたいに、『マクティーグ』、『ブリックス』、そして『ヴァンドーヴァーと野獣』

は、時計（の刻む時間）の比喩的な殺害のエピソードに満ちている。

『ブリックス』についてそのことをもっとも端的に言えると思うので、『ブリックス』からはじめたい。コンディーとブリックスの、なかなか訪れなかった新生と愛の確認がやっと訪れるのは、古い年が死んで新しい年が生まれ、古い時間が死んで新しい時間が生まれる新年である。「元旦だった。大地は新しく、年は新しく、彼らの愛は新しく力強かった。すべてが彼らの前にあった。もう過去など存在しなかった。現在など存在しなかった」（*Blix* 二七四）。「明けましておめでとう、ブリックス」（二七八）ということばで終るこの小説の結末の向こうでコンディーとブリックスを待っている新しく生まれた時間は、東部へ行くということ以外ほとんどなんの内容も与えられていない空虚で明るい未来にすぎない。しかし、死んだ古い時間の内容ははっきりしている。

『ブリックス』は「食堂のマントルピースのうえにかかった鳩時計が、ちょうど九時をうったところだった」（二〇五）という描写で開幕する。日曜日の朝のベセマー家に、鳩時計があったとしてもふしぎではない。でもこの小説の書きだしの部分は、この後もへんに時計と時間にこだわり続ける。

それから数ページを経て、ベセマー家に長女のトラヴィスを、その夜はよばれてもいないのに訪れるコンディーは、「ひどく遅れちゃいました。みなさんお食事がすんでるじゃないですか。ぼくの時計、このひどい時計のせいです。なんでこんな遅れたんだかわかりません」と叫ぶ（二一五）。ベセマー氏はそもそも、「〔毒をもって毒を制する〕ホメオパシーと時計の仕掛だけが道楽」の妙な人だが（一〇六）この夜は鳩時計のペースが変だとご機嫌ななめで、「あの時計は少しすすんでいる。どうもあの時計には時間を守らせられん。ヴィクトリーンが鍵をなくしたから、モンキーレンチでまかなきゃならん」とつぶやいている（一一六）。鳩時計はベセマー家の安定しているが停滞した、少々無意味でさえあるかもしれない小市民生活を支配している。

「時間なんてどうでもいいわ」（二七六）という境地にコンディーとブリックスが達する『ブリックス』の終章でふたりののりこえるのが、そうした（鳩）時計の時間であることに疑いの余地はない。

時間割

『オクトパス』や『レディー・レッティー号のモラン』にも、時計や時刻についての、なくてもよさそうな記述をふんだんに発見することができるが、『マクティーグ』

も時刻の記述に満ちている。冒頭ウィークデイのポークストリートを見おろす語り手の視点がとらえるのは、「七時」にあらわれて「パワーハウスの時計を心配げに見あげながらいつもの道を急ぐ」労働者たち（*McTeague* 二六六）。「九時」にやってくるホワイトカラーや商人たち。「一一時」にすがたを見せる一ブロックはなれた「立派な大通りのご婦人たち」だ。時計によって刻まれた一日の進行は「パワーハウスの時計が〔午後〕一一時をうつ」（二六八）までつづく。トリナ殺しの一日はどうか。『マクティーグ』一九章の後半は、幼稚園が「クリスマスパーティーと新年会をかねた会をする」あいまいな日付に、死に神に突然変身してトリナを訪れるマクティーグの行動を克明に時刻表に書きとめる。六時、マクティーグはウィスキーを飲んでいる。八時、マクティーグはまたウィスキーを飲んでいる。九時、トリナは（ヴァンドーヴァーとおなじように四足になって）幼稚園の床を拭いている。一一時、マクティーグはトリナを殺して楽器店にもどる。午前四時まで待てばオークランドに朝刊を運ぶボートにのって、サンフランシスコを離れられるだろうと、マクティーグは考える（五二二）。サンフランシスコをのがれるマクティーグは、時計の刻む時間からはのがれられない。砂漠のなかを逃亡するマクティーグは時間割に支配されている。この砂漠はふしぎな砂漠だ。暑くてのどが渇くばかりでなく、時を刻んでいる。砂漠の逃亡のくだりには、

「三時に」とか「五時までに」とかの時刻の記述が、都合一九回現れる。マクティーグはカナリアは持っていても、時計など持っていないのだが。

ノリスはまた、お金の話をしているようでいてじつは時間の話を『マクティーグ』や『ヴァンドーヴァー』のなかでしている。

「エコノミカル・リトル・ボディー」(三九六)である家庭の主婦トリナの一日の時間割は、「組織だち、秩序正しい」。彼女は、六時半に起きて、一〇時ごろ窓を開けておいて買物に出かけ、一一時までには帰ってきて昼食の用意をし、一時に昼食を終えたマクティーグが診療にもどると、ノアの方舟を作る内職に取りかかる。三時にはそのしごとをやめ、いろいろな雑用をこなす。五時ごろに家政婦さんがやってきて、六時に夕食をし、夕食後に日課の散歩をする(三九八―四〇一)。

レイニーデイに備える=先のことを考える。そしてそのために積みたてと利息で、文字どおりに時間をお金に翻訳する。こうしたせせこましい時間と経済のコントロールを「エコノミカル・リトル・ボディー」トリナはこころがけている。彼女のなかには時間のコントロールによって経済をコントロールするこころざしが存在している。「マクティーグのしごとと、例の五、〇〇〇ドルの利息、そしてトリナのナイフの内職、この三つの収入源をみんなあわせるとまあまあちょっとした額になった。トリナは少しは貯金だってでき、五、〇〇〇ドルを少しずつふやすことだってできると言ってのけた」（三五八）のである。

ヴァンドーヴァーも、時間のコントロールによって経済をコントロールすることの失敗をくり返す。失敗するということは、できれば時間のコントロールと経済のコントロールを結合させたいと思ってはいる、そういう気持ちと無縁ではないということだ。『ヴァンドーヴァー』第一七章で、落ちぶれはててすべての財産を手放したヴァンドーヴァーが最後まで持っているのは、時間が生んでくれるお金、お金としての時間、時間はすなわちお金であることの証拠のようなUS四%という国債である。「ヴァンドーヴァーに今残っていたのは、年利四%の合衆国国債だけだった。それは四半期で六九ドルにしかならなかった。彼は毎月二三ドルずつ受けとるようにしていた」（*Vandover* 二三一）。

またヴァンドーヴァーは毎日五セントためてご馳走を食べる「計画経済」を実現しようとする。日曜日にすくなくとも二五セントはかけてご馳走を食べるのが、ヴァンドーヴァーの夢だった。月曜から土曜まで毎日一食ぬいて五セントずつ貯めれば、日曜までには三〇セントたまっているだろう。

だが彼の決心は来る日も来る日もこわれさった。朝飯のときには昼飯をぬこうと思う。昼飯のときには晩飯をぬこうと決意する。夕飯のときには、今度こそ決意は堅い、明日の朝飯は食べないぞと心に誓う。だがいつもかならず、結局は空腹の方が強いのだった……。（二三六）

時間のコントロールによってお金をコントロールしようという考えかたを説き、労働者個人に「上昇」の秘訣を教えようとするサミュエル・スマイルズは言う。

時間の倹約はお金の倹約と同じことです。フランクリンは「時は金なり」と言いました。もしもお金を手に入れたいと思うなら、時間を正しく使うことでそれは成しとげられるのです。……組織だったやりかたを用いることで時間を節約することができます。……ビジネスマンはみな組織だち、秩序正しくあらねばなりません。家庭の主婦も同じです。……毎週三シリングというのは二〇年後には二四〇ポンドになるでしょう。そしてさらに一〇年後には、利息も加わって四二〇ポンドになるでしょう。……貯蓄銀行に毎週六ペンスあずければ、二〇年後には四〇ポンド、三〇年後には七〇ポンドになるのです。（Smiles 二五）

経済のコントロールのためには時間のコントロールが、時間のコントロールのためには経済のコントロールが、たがいに要請され、時間とお金がつねに他方の比喩に転じつづけるご時世が到来していた。「組織だったやりかたで時間を倹約し、お金に換える」ことは産業の原理へと、一段と加速されて拡大されつつあった。

たとえばニューヘイヴンのウィンチェスター連発銃工場では、一八九〇年代になるまでは労働者が所定の時刻に出勤してくることにこだわっていなかった。出来高給が行われた各種の熟練しごとでは、労働者は好きな時間に働けばいいという伝統的な権利を長く手放さなかった。しかし、一八九〇年代に入るころまでには、工場のまわりの門は当り前の風景になっていたし、それをはじめて工場に取りいれられるようになったタイムレコーダーの苛酷な監視の目が補助しはじめていた。

(Rodgers 二四)

こうした時間管理の権化、「科学的管理法」の人フレデリック・テイラーの言うところを聞いてみよう。彼の意見では、科学的労務管理を成功させるために「最も大切なこと」は「単位時間の研究」であり、これを怠れば「要石のないアーチはくずれるよりほかはない」のだから、科学的労務管理は失敗する。彼は、「一八八三年フィラデルフィアのミッドベールスチール会社の機械工場で職長をつとめていた」とき「各種の仕事の要素をひとつずつストップウォッチで測定し」、「各仕事に要する最短時間を発見する」のが「簡単であることに気づいた」(Taylor 一四八—四九)。そこで「時間研究および賃率設定係」「出来高払単価」をそこで決定というものを新設し、「出来高払単価」をそこで決定するようになった。この「時間研究」するようしストップウォッチで基本的単位を研究する方法をとらなかったならば、一生かかってもこの仕事の完成はできまい」(一五〇)。彼はこのために「時間本」や「時間研究用ストップウォッチ」や「時間研究用紙」といった、ガジェットをつぎつぎに作りだしさえしたのである。

ここでテイラーが試みていることは、あるしごとに必要な平均的時間を確定することによって、賃金を(しごとではなく)時間の関数として計算可能なものにしようということだ。トリナの人形作りの内職のような「出来高給(piece work)」を「出来高払単価」の媒介によって、実質上「時間給(time work)」に還元することだ。しごとを時間で置き換えてしまうことだ。こうして時計によって刻まれる時間をコントロールすることで経済をコントロールしようとするとき、すなわち時間を基礎としようとするとき、まず時間をストップウォッチによって「単位」や「要素」に分割しなければならない。そうしなければ「一生かかってもこの仕事の完成はでき」ないだろう。

機械の王国／不慮の進歩

スマイルズが個人のレベルで、テイラーが工場管理のレベルで、それぞれに時間のコントロールを強調したのは、スマイルズが言うには、「賢明な男は未来のことを考え」るし（二〇）、「時間と環境の奴隷ではなくて」（二二）、「自分自身の親方」（二八）になろうとするからだったが、それはつまり、「ものを考える人たちは、いまどきの人生はせわしなさすぎると考えている」（二九）ような現実があり、「人生の不安定さこそが、人を不幸な日に備えさせる強い刺激をあたえ」（三五）たからだ。ほっといたらどうなるかわからんという流動性のパニックがあったからだ。スマイルズはこんな笑い話を語っている（二四）。

ある親方が職人のひとりに「雨の降る日に備えて少しは蓄えをしておきなさい」

と忠告しました。しばらくして、親方は蓄えがどれくらい増えたかその男に尋ねました。「いやまったく、びた一文」と彼は言いました。「おっしゃるとおりにしましたが、昨日は大雨でしたから、みんな飲んじゃいました」。（二二）

いっぽうに（将来降る雨＝）先のこと（＝比喩的な言語のこと）など考えない、目の前に降った雨（＝目先のこと＝文字どおりの言語）のことしか考えない考え方。他方に、目の前の雨など見えないで将来のことだけ考える考え方がある。ジョージ・スティーヴンソンとともに鉄道事業に携わったスマイルズは、未来へ延びる道の人だったから、労働者に先のことを考えさせて「制御」しようと躍起になる。労働者はそのとりこし苦労を、比喩的な言語をいともかんたんに文字どおりに解釈し、比喩を殺して、無効化してしまうのだが、このとりこし苦労の背景にあるのは、「進歩」がいつ「停滞」を経過して「退歩」に堕落するかもしれないというありきたりの恐怖ばかりではない。

　ダニエル・ブアスティンが言うように、十九世紀に出現した「機械の王国」（二一五）は「種が自然界で生きのびられるかどうか」が「その種の環境に対する適応能力にかかっている」ような、安定して動かない環境を前提とできる世界ではなく、「機械が存続できるかどうか」が、「その機械自身の環境を作りだす能力や、その機械の需要を作りだす能力にかかっている」世界である（二七）。動物や植物が生きのこるために自分を環境に適応させるのではなくて、環境の一部にすぎない機械が、環境自体を変容させ、環境を自分に適応させはじめる世界だ。「必要が発明の母」なのではなく、「発明が必要の母」であるような世界である。「機械の王国」は「進歩」がいつなんどき「不慮の進歩」（三二）に転じてしまうかしれない不測の未来へのパニックをともなった世界だ。スマイルズが制御しようとしているのはそのような「不慮」の未来である。

技術の進歩と工業化は「科学的」管理を要請する。また、「科学的」管理の手段を提供する。しかし同時に、同じ技術の進歩と工業化は新しい「不慮の進歩」の時代をもたらす。テイラーが「時間研究」によって対処しようとしているのは、この「不慮の進歩」の時代の制御不能、制御困難な現実だ。そしてそれは、トリナやヴァンドーヴァーの、時間の制御による現実の制御の試みに酷似している。ノリスはここで、文学や自然主義のことばでのみ語っているのではない。彼はまた、産業のことばで語られてもいるのである。

時計の殺害

しかし結局のところ、現実を経済的にも時間的にも制御可能なものにとどめようという努力は、『マクティーグ』でも『ヴァンドーヴァー』でも、ともに失敗する。コントロールされた時間、時計（の刻む時間）は比喩的に殺害される。あるいは比喩が殺害される。たとえばヴァンドーヴァーは国債を手放し、節約計画を目先の欲望のために投げすてる。

とうとう土曜日になる。彼は土曜一日絶食する決心をする。そうすれば一五セントの節約になる。それにどうせ日曜の一食に使う五セントをたせば二〇セントのご馳走が食べられるだろう。彼は必死の思いでなにも食べずに一日過ごす。宿に帰った彼を襲う料理場からの臭いにも耐えてベッドにもぐりこむ。

それは彼の意志の強固さを確認できるかどうかという問題にすぎなかった。彼のよき部分を呼びだせるかどうかという問題にすぎなかった。低級な動物的な欲望などより自分は強いのだと知る満足の方が、食べることの満足よりも深いことだろう。そうだ、絶対に負けないぞ。

この決心に達して一分もたたないうちに、ヴァンドーヴァーは外出するために上着を着て靴をはこうとしていた。外出して食事をしようとしていた。(二三七―二三八)

こうしてヴァンドーヴァーの計画はまたしても達成されない。それにはノリスが言うように、彼のなかに「動物」が住んでいるせいもあるのかもしれない。しかし私にはヴァンドーヴァーがとても「目先のひと」だからであるように見える。

トリナは、時計のように正確に時間が生む利息を拒否するようになる。叔父に預けて、しかも機械のように、時計のように正確に、月二五ドルの利息を生んでいた宝くじの五、〇〇〇ドルを、トリナは引きだしはじめる。金貨で。彼女が通貨から脱走し、金貨の、金の官能性に身をゆだねたことはまちがいがない。そしてまた、ウォルター・ベン・マイケルズが言うように、これが月々の利息収入という通貨で、金そのものを買う行為であり、しかもトリナが「月々の収入を犠牲にして金を手にいれるばかりか、その金を食料のために使うことを拒んで、じつは金を金自体のために使って」(Michaels, *Gold Standard* 一四〇―四一)いることもまちがいない。

だが、それとともに同じようにまちがいのないことは、「狂気、まごうかたなき精神の病い」（McTeague 五一三）のステージに達したトリナが、「機械のような正確さ」で利息を払ってくれるアルバマン叔父さん、トリナが預金を引きだすことに反対であるよりも、それを不規則に引きだすことにより強く反対で、「こんなふうにお前にお金を渡すのは普通のやりかたじゃないし、実際的でもないと言ったはずだ。それよりも何よりも、いついつとことわりもなしに小切手を切らされるのはとても迷惑だ」（五一三）と言うアルバマン叔父、そういう擬人化された時計から逃走していることだ。彼女のこの通貨からの逃走は、時計の殺害だということだ。

そして何よりも、時計を殺すこのトリナは、同時に「時計のように」ほんとうに「時計として」殺される。トリナは「明けがた、時計のゼンマイが切れて止まるときのような音のしゃっくりを、つづけて何度もして、死んだ」（五二六）のである。

冒頭で言ったように、ここではトリナが「時計のように」死ぬことによって、「時計が殺されている」。死ぬのはトリナばかりではない。かつてはトリナもそこに幸福の根拠を求めようとした現実制御のための装置、通貨との通約性を持った時計の刻む時間もまた敗退している。だとすればここではまた「時計のよう」という比喩的な言語も無化されていると言わなければならない。ノリスは「時計のよう」という比喩を殺し、そのはたらきを停止させて、トリナをたんなる時計にし、「時計そのもの」を殺しているからだ。

トリナはみずから時計を殺し、そしてみずからはノリスによって時計として殺される。「エコノミカル・リトル・ボディー」トリナ・マクティーグは、双面のトリナである。時計を殺し、そして時計として殺されるトリナという平然とした論理的倒錯に、ノリスの読者にたいするグリップの秘密が凝縮されている。空虚きわまりなくそのうえ流動するアイデンティティーの恐怖と魅惑のパワーを、トリナ・マクティーグはその「エコノミカル・リトル・ボディー」に体現している。

Ⅲ　知覚

類似という名の病
――フィリップ・K・ディックのお告げ

模型生活

フィリップ・K・ディックの「フヌールとの戦い」は、異星から地球を侵略しにやってくるフヌールたちを描いた短編である。フヌールたちは、地球を侵略する固い決意を持っていて、挫折しても挫折しても、こりずにまたやってくる。なかなかうるさいやつらである。でも彼らは、しつこいわりには意外に脆い面も持っている。彼らの侵略計画は、何度試みてもあっけなく失敗に終る。たくみに地球人に化けて侵入してくるのに、すぐにその変装を見破られて、捕まえられてしまうのだ。理由は簡単だ。彼らはいつも全員揃って同じ職業の地球人、それも身長二フィートの地球人に変装してくるので、とても見わけやすいのである。「なんの扮装をしようと、ひどく小さな姿はそのまま」のフヌールたちは、「スーパーマーケットの開店のときに風船や紫色のランの花と一緒に配られる景品みたい」な感じの「ミニチュアの不動産セールスマン姿でユタ州のプローヴォを歩き回って」いたりするのだから（"War with the Fnools" 四一：九)[1]。

フヌールは自分たちを逮捕した警官に、なんでいつも変装を見やぶるんだいとのんきに尋ねる。警官が冗談で、タバコを吸うと背が伸びると言うと、彼らはその通りにやってみて、なんとその通り背が伸びてしまい、警官たちのあいだに恐慌状態を惹きおこす。今度は酒を飲んで六フィートになってしまうが、その直後に女を知ってもう二フィート背が伸びて、またたいへんよく目立つようになるフヌールは、青少年に似ていてかなりかわいらしい。

なにか小さなかわいらしいものへの抑えがたい共感は、ディックにとってとりわけだいじなもののひとつだった[2]。しかし、フヌールはそれとはまた別のレベルでディックを特徴づける問題をも、指ししめしている。

フヌールたちは、地球人とまったく同じ姿かたちをしていながら、身長が二フィートしかない。彼らは、似ているということと同じだということとの区別がうまくつけられない様子だ。構造を共有していさえすれば、ふたつのもののあいだの同一性が保証され、大きさなどの固有の量のようなものは、問題にはならないと考えているらしい。そのうえ「身長は相対的なものだ。われわれのこのかりの姿には、地球人としての絶対的な性質は残らず体現させてある」などと、意味のよくわからないことを言う(四六:一七)。似ているということはわかるが、同じであるというのがどういうことなのかは、じゅうぶんには理解ができていないようなのである。

「融通のきかない機械」と『最後から二番目の真実』にあらわれる殺人マシンは、特定の人物の痕跡を通り道に撒き散らして進む。この機械は、警察が犯罪捜査で注目するたぐいの痕跡、足跡や毛髪や衣服の断片や血痕をわざと遺留しながら家屋に侵入し、殺しのしごとを終えると、ありふれたポータブルテレビに姿を変えて部屋の片隅にうずくまる。そうやってこの殺し屋は、警察に偽の犯人像を提供するために、特定の人物の見かけ上の諸特徴の手がかりを精密に再構成し、自分もテレビそっくりに変身する。じつに高度に発達した邪悪な機械である。だが、ちょっと間の抜けたところがあって、重さだけはテレビをはるかに上回っているために、結局つかまって研究されてしまう。

戦時中西ドイツが発明したこの機械について、フートをうんざりさせるのは……そのしごとをやりすぎるということだ。その回路や活動の九〇パーセントを省くことができたはずだ—そうすれば携帯用テレビとして適当な重量にできたはずだ。

しかしそれがドイツ精神であり、〈ゲシュタルト〉すなわち完璧な肖像を好む彼らの性質であった。(*Penultimate Truth* 一三八:二〇九)

『最後から』で「ゲシュタルト構成機」と呼ばれるこの殺し屋マシンにとってもまた、比較される二つのものの構造がきわめてよく似ているということは理解が容易だが、あるものがまぎれもなくそのものであるということは、どうもよくわからないことであるらしい。言ってみれば、相似には敏感だが、合同には鈍感なのである。

これとは反対に、構造の相似がきわまったとき、二つのものの間の区別が本当につかなくなってしまうお話もまた、ディックはほとんど無数に生みだしている。

「スモールタウン」という短編がある。まるでうだつのあがらない男がいる。自分の暮らすスモールタウンの何もかもが気に食わないこの男は、地下室に潜って街の精密な模型を作っている。模型の町で男は、嫌いな工場、失礼な商店、不愉快な町役場を、片端から自分の気に入るように作りかえていく。男には妻がいる。町の開業医といい仲になっている。医者と妻とは男が「あっち側」に行ってしまうのを楽しみに待っている。やがて地下室から大きな音が聞こえ、ふたりは下へ降りていく。男はいない。医師の予想したとおり、模型の世界に本当に入りこんでしまったのだ。模型の町自体も消滅してしまっているのがすこし気になるが、まずはめでたい。だが、一応失踪届けを出そうと、保安官事務所に車で向かうふたりの走る町は、模型の町に変わっている（"Small Town"）。

『パーマー・エルドリッチの三つの聖痕』の火星植民者たちは、キャンDというドラッグの助けを借りて、パーキー・パット・レイアウツなるお人形さんを使った地球生活の模式的再現に文字通り没入する。

なるほど彼らは、模型の地球生活のなかにいても、火星の現実から送られてくるメッセージから、完全に自由なわけではない。キャンDの影響下では、植民者のひとりサム・レーガンは火星ではなくてサンフランシスコに暮らしていて、そこは「いつも土曜日」だから「しごとに行く必要はなく」て、そのかわりガールフレンドのパットとデートに行くしたくをする必要がある。そこでひげをあたりながら彼が鏡を見ると、「これは幻想だ。お前は火星植民者のサム・レーガンだ。移行《トランスレーション》してられる時間を大事に使えよ。パットにすぐ電話すべし」というメモが貼ってあり、「サム・レーガンという署名がしてある」（*Three Stigmata* 四三：六七）のである。

しかし、作者ディックの方は、サム・レーガンほどにも冷静ではない。『パーマー』のこのエピソードの雛型になった短編「パーキー・パットの日々」への自注で、ディックが語るところでは、この短編のアイデアはバービー人形で遊んでいる子どもを見たときにひらめいたそうだ。「バービーとケンが彼らにふさわしい生活スタイルを守るためには、無数の衣料品を買わなければならないことになっている」このしくみが大人のためのものであることはディックには「自明」で、彼には「夜の寝室にバービーがあらわれて《ミンクのコートが欲しい》とねだる幻」が見える。そして彼は、「バービーと一緒にいるところを妻に見つかり、撃たれるんじゃないかと心配」になった（"Notes" to *The Days of Perky Pat* 四九〇）のである。ここではさきほどとは逆に、完全な同一性こそが、たんなる類似を圧倒している。

ディックの世界の存在たちは、いつもフヌールやテレビに化けそこなう殺人マシンのように似ているだけで同じになりきれないわけではない。似ているだけでなく完全に同じであるということが、いつもわからないのではない。かといって、「スモールタウン」のひとびとやバービーの幻を見ているディックのように、似ているのを通り越して同じになってしまった模型の空間に、つねに飲みこまれてしまうわけでもない。たんに似ているだけで同じではないことに、いつも理解の低さをしめすわけでもない。彼らによくわからないのは、もうすこし抽象的な問題、似ていると同じはどう違う、という問題である。ディックに困難なのは、たんなる見た目の構造的な類似と完全な同一性とを区別すること、相似と合同を区別することであるように見うけられる。

そして、似ているということと同じだということの区別がたいへんつけにくくなるのは、根源的な同一性の探究に憑かれながらも、個別的、機械的な構造上の一対一対応の法則に、ゲシュタルト構成機みたいに奇妙にこだわっていて、その結果、どうもおかしなことが生じてしまうからである。ディックは、相似や類似の原理そのものを問題化させてしまう。

チューリング・ゲーム

その点では、ディックは古くさい。

ディックのオブセッシブな想像力がくり返し肉化させるのは、十八世紀以来とりわけ顕在化した、機械論的合理主義の原理である。

「ルイ十五世、ビュフォンと同時代に生きた機械の天才」ジャック・ド・ヴォーカンソンの名高い数々の自動機械のなかでもとりわけよく知られた機械のアヒルは、「よちよち歩き、泳ぐことができた。その翼は、すみずみまで自然を模倣しており、はばたくことができた。アヒルは頭を振り、ガーガー鳴き、穀物をついばむことができた。穀物を嚥下するとき、それが動いていくのを観察することができた。内部の機構がその穀物をすりつぶし、自然状況とほぼ同じように、身体からそれを排出した」という (Giedion 三四–三五)。ギディオンによれば、

私たちの時代が考え、そして実現している機械化とは、合理主義的な世界観の最終製品である。生産を機械化するとは、しごとを構成要素の断片に分解することを意味している。この事実は、アダム・スミスが、一七七六年に『諸国民の富』の有名なくだりで、「労働をかくも容易にし短縮するこうしたすべての機械の発明は、元来労働の分割から発しているように思われる」と、機械化の原理の概要を説いたとき以来変化していない。これに付けくわえるべきことと言えば、自動車のような複雑な製品を製造するときには、この分割が再組みたてと対になっているということだけである。(三一–三二)

ヒュー・ケナーは、そこに倒錯の臭いをかぎつける。人間のなかの「人間性」、イヌのなかの「イヌ性」、ウマのなかの「ウマ性」といったエッセンスを、十七世紀以降の西洋人は信じにくくなったと、彼は言う。もしも彼らから見て、「コンピュータ

が思考を模倣するとすれば、それは思考がコンピュータの流儀で定義されているからである。自動機械が人間を模倣するとすれば、それは人間が自動機械の流儀で定義されているからである」(Kenner 四〇)。もしも機械という他者が人間という自己と見わけがたく類似しているとするなら、それはあらかじめ人間が機械に似ているからだ。機械は人間なのかもしれないということは、機械は人間の一種なのかもしれないということだが、それだけではなくその反対に、人間は機械の一種なのかもしれないと考えられてもいるというのである。

マーク・トウェイン『アーサー王宮廷のコネティカット・ヤンキー』のハンク・モーガンが巡礼たちとともに「聖なる谷」の隠者を訪れると、隠者の「なかでも無上に偉大な者のひとり」で「キリスト教世界のすみずみまで盛名を馳せたものすごい有名人」がいて、「六〇フィートの高さの柱」のうえに立ち、「二〇年間毎日してきたこと」をしている。「休みなくせわしなく身体をほとんど足のところまで折りまげて」いる。「それが彼の祈りかた」だからだ。「これだけの動力が無に帰するのは残念なことに思えた」ので、モーガンは「彼に伸縮自在の紐一式を取りつけ、それでミシンを動かす」ことにする。そして彼を「日曜日でもなんでも」働かせて、五年間で「一万八千以上の第一級のタウ・リネンのシャツを生産」する(Clemens 一二〇)。聖人の身体の運動を経済目的に流用するために機械の運動に翻訳したモーガンのこの逸話は有名だが、人間がここで非人間を無限に模倣できるということは、人間には外見上の模倣と反復が可能な特徴をのぞいて、なんら固有の同一性を保証する性質はなく、機械にも人間を無限に模倣することができるということだ。しかし、もしもモーガンが、それと同時に「イングランドの騎士を殺すことはできる。だが、彼らを屈伏させることはできない」(二五〇)とも考えているとしたら、彼はかなりの難問に逢着してしまったということになる。モーガンは、「人間というものを説明することはできない」(二一三)と、当面問題を回避するふりをせざるをえない。

こうした難問が生ずるのは、あらかじめ人間観が転倒しているからであり、人間の「人間性」、イヌの「イヌ性」、ウマの「ウマ性」を信ずることをやめたとき、根本的なところで同一性を保証しているのは類似性でしかなくなっているからだというのが、ケナーの考えだが、この原理を単純に押し進めたところにあらわれる人物のひとりに、大戦中防毒マスクと目覚し時計を身につけて研究所に通った天才数学者アラン・チューリングがいる。

チューリングは「チューリング・ゲーム」によって、もしもコンピュータが、かぎりなく人間の答えをシミュレートし、だれにもコンピュータの答えと人間の答えとを区別することができなくなったとすると、そのときコンピュータは、思考に似たことをしているのかそれとも思考しているのか、どちらなのかと問う。見たところ同じような働きをする構成要素が、見たところ同じように組みあわされていれば、それは本当に同じなのか。

チューリングが、全体の構成要素への分解と、諸要素間の関係構造の反復という原理に依拠して行きつくのは、ディックを困らせたのと同じ問題である。

だが、類似と同一性の区別を困難にさせるものは、それだけなのだろうか。このチューリング・ゲームについて、ダグラス・ホフスタッターが書いた架空の会話がある。物理学専攻の学生が、「シミュレーションと本物を混同する人はだれもいない」と主張して、「コンピュータがハリケーンをシミュレートしてるときに、コンピュータのなかで起こってることは、どう見てもハリケーンじゃない。マシンのメモリが秒速九〇メートルの風でばらばらにひきちぎられたり、マシンの置いてある部屋の床が雨水で水浸しになったりなんてことはない」と言う。すると哲学専攻の学生が、「シミュレーションのハリケーンのなかには土砂降りもないし秒速九〇メートルの風も吹いてないっていう君の主張は、ごまかしだ。ぼくらからみればそんなものは存在しない。だけど、もしこのプログラムが想像を絶するほど詳細だったら、地上にシミュレーションの人間を置くことだってできない相談じゃない。この人たちは、ハリケーンが来たときぼくらが体験するのとまったく同じように、風や雨を体験できる。彼らの立場にいれば、いや、彼らのシミュレートされた立場にいればかな、このハリケーンはシミュレーションじゃなくて、ずぶ濡れも大破壊もみんな揃ったまじりっけなしの現象だ」と反論する。彼によれば、物理の学生の「議論には暗黙の前提があって、それはシミュレーションされた現象の観察者はだれでも進行中の事態を評価できるっていうことだ。だけどじっさいは、特別有利な場所にいる観察者だけが進行中の事態を認識できるのかもしれない。このケースでは、雨や風を見るのには、特別の《コンピュータ眼鏡》がいるんだ」ということだ（Hofstadter and Dennett 七三―七四）。

物理の学生が、「おいおい、何ていうSFだい」と言うこのハリケーンの話は、シミュレーションと本物の区別がつかないということについて、二つの異なった主張をしている。哲学の学生はいっぽうでは、より弱く、全体を部分に分解し、部分をある布置において組みたてて全体を構成する機械化の原理、技術的な類似の徹底的な追及が、この区別を困難にすると主張する。「もしこのプログラムが想像を絶するほど詳細だったら、地上にシミュレーションの人間を置くのもできない相談じゃない」。そこでは、シミュレーションの世界の住人になるというのは、圧縮と構造反復、つまり縮尺変更の問題である。だがもういっぽうで、それよりも強くこの学生が主張するのは、自分がシミュレーションされた場所に置かれているということに主体が気づかなければ、自分がシミュレーションされた場所に置かれているということに主体は気づかないということだ。「特別の《コンピュータ眼鏡》」をかけて「彼らの立場にいれば、いや、彼らのシミュレートされた立場にいればかな、このハリケーンはシミュレーションじゃなくて、……まじりっけなしの現象だ」からである。

これは本気ではありません

ここでグレゴリー・ベイトソンが『精神の生態学』に収めた「遊びと空想の理論」の助けを借りよう。動物園でじゃれて遊ぶ二匹の子ザルの観察から、ベイトソンは、「動物の《咬みっこ》は〈噛みつき〉を表す denote ことはするが、噛みつきそのものが表すことを表しはしないことを確認」（Bateson 一八三：二六五）する。この「遊び」では、子ザルの噛みつきは、それが何に似ているかというレベルでは「噛みつき」をあらわすが、それがどういう種類のコミュニケーション行為をあらわすかという「メタ・コミュニケーション的メッセージ」のレベルでは、「本気」のときにそれがあらわす「闘い」をあらわさない。それは、「非闘い」をあらわしている。「遊びでは、地図と土地とは相等しく、同時に別物になっている」(一八五:二六八)のである。

夢や空想ではどうだろう。「夢と空想のただ中にある人は、〈これは現実ではない〉という思いを抱くことができない。夢と空想とは、ありとあらゆる内容を扱うことができるにもかかわらず、その夢または空想自体に言い及ぶメタ・ステイトメントを、その内側で組み上げることができないのである。目が覚めかけている場合をのぞいて、夢見る人は、自分の見ている夢を〈夢〉と指す—フレームする—ことができない」(一八五:二六七)。

そこで、夢と空想のなかにいる人にとっては、「特別の《コンピュータ眼鏡》」をかけたホフスタッターのシミュレーション中の人物にとってそうであると同じように、ただたんに構造が類似しているにすぎないものも、「まじりっけなしに」本物なのである。

遊ぶ人は、「これは遊びだ」というメタ・メッセージを意識していて、自分がフレームのなかにいることを知っているが、夢見る人は、「これは夢だ」というメタ・メッセージを意識しておらず、自分がフレームのなかにいることを知らない。「これは小説だ」というメタ・メッセージを意識する読者にたいして、そのようなものを意識しない作中人物のように、夢中なのである。それは、額縁を省略していきなり机や壁のうえに描きこまれることによって、「これは絵だ」というメッセージが取りのぞかれたある種のだまし絵のようだ。ただし、そのときそのだまし絵が、三次元のリアリティーと二次元の絵画の、物理的な差を極小化しようとして、お札や紙切れなどの平面的な物体を描かれる対象に選択するとすれば、それは類似性に再現表象の根拠を求めることによって、だまし絵としてはひとつの誤謬ないし不徹底に陥っている。これは絵画であるというメタ・ステイトメントの消去にこそ、この種のだまし絵の本質的な性質がある(3)。

あるステイトメントがリアリティーと一致する印象を与えるためには、そのステイトメントがリアリティーと類似しているだけではじゅうぶんではない。ときには、リアリティーとの類似は必要でさえない。「これは本気だ、本物だ」という、ステイトメントの種類にかかわるそのステイトメントについてのメタ・ステイトメントが受け手に了解され、同意されているか、あるいは、「これは本気ではない、偽物だ」というメタ・ステイトメントが見えなくなるしかけがあるか、そのどちらかの条件が成立している必要がある。機械的な類似の極みに同一性を幻視するチューリングやゲシュタルト構成機製造者は、そうしたしかけの存在を度外視しており、したがって夢を見ているのに似ている。ただしそれは相当な悪夢かもしれない。こんな原理が許されるなら、存在しない人物だって存在するようになるだろう。

ジャック・ロンドンの『マーティン・イーデン』で、ルース・モースと知り合いになったイーデンは、「若い女性と知りあいになって、どうぞ訪問してくださいと言われたとき、どのくらい時間をおいて訪問すればいいのか」を知ろうとして、図書館にいき、「食べるのも忘れ、エチケットの本を捜しつづける」(London, *Martin Eden* 四〇)。彼は、中産階級に似た教養を、衣服のように身にまとおうとしている。『鉄の踵』のエイヴィス・エヴァーハードは、革命者集団への弾圧から身をかわすために、「自分を作りかえ」ようとして、「新しい自分の声」の獲得をはじめとした変装に、「かりそめの役割が本物になるまで」いそしむ(London, *Iron Heel* 一八〇)。革命家たちのあいだの「革命の外科医団」は、「大人の背丈を四、五インチ伸ばし、あるいは二インチ縮めることができ」るほどの手術の技術によって、「文字どおり人間を作りかえることができた」(一九九)のである。ロンドンの作中人物の多くは、階級的な他者に変貌しようとするとき、外見上の類似性の模倣による獲得にその手段を求め、またじっさい幻想的といっていいほど速やかにこの変貌を達成する。マーク・セルツァーがクレインのマギーに托して言うように、十九世紀終りのアメリカにおいて「リアリズムの主体は、外側から内側へ向かって――いわば社会的なものによって充填され」（Seltzer, "Statistical Persons" 八三）、また人形による人間の模倣を見てはじめて「自分自身に人間の性質を与え、自分自身に扮する欲望」（八二）を触発されるとするなら、ロンドンの作中人物たちもじゅうぶんに、そうしたリアリズムの主体たる条件を備えていると言っていい。

だが、エイヴィス・エヴァーハードは、革命家になるまえの自分と、変貌したあとの自分の「片方は現実で、もう片方は夢なのだが、どちらがどちらだかわからない」（*Iron Heel* 一八二）し、マーティン・イーデンは、鏡に映る自分、何かを模倣している自分が、だれなのかわからない。

マーティン・イーデン、お前はだれだ。彼は、その晩部屋へ帰ったとき、鏡のなかの自分を問いつめた。長いあいだふしぎそうに自分を見つめていた。お前はだれだ。お前は何だ。（九六）

彼らは、こうして生じた変貌の結果が、十全な新しい同一性の獲得であるはずはないと感じているようだ。リアリズムは、存在するものを写しとるどころか、ときには存在しないものを存在させるしくみなのかもしれないと、うすうす察してでもいるかのようだ。
そして、ゲシュタルト構成機が残した「証拠」から、人物像を彷彿する警官は、まるでそうしたリアリズム小説の作家のパロディーだ。「融通のきかない機械」の刑事は、殺人マシンの残した証拠をまえにして、ご満悦である。

アカースは席にもどって、自分が指紋万能の時代に生きていればよかったと考えた。しかし指紋は何カ月も見つかっていない。指紋を消したり改変したりする方法は何千と存在するのだ。今ではある個人を、それひとつで特定できるようなものはありえない。総合判断が必要だった。蒐集された資料の統合が。

一　血液見本（O型）6、139、481、601
二　靴のサイズ（11½）1、268、303、431
三　喫煙者　791、992、386
三a　喫煙者（パイプ）52、774、853
四　性別（男性）26、449、094

五　年齢（三〇～四〇）　9、221、397
六　体重（二百ポンド）　488、290
七　衣類の織り　17、459
八　毛髪の種別　868
九　使用武器の所有　40

資料の山から鮮明な像が浮かび上がってきた。アカースは犯人の像をはっきりと思い描くことができた。文字どおり、すぐそこに、机の前に立っているとさえ言えた。かなり若い男で、やや体重がある。パイプをふかし、非常に高価なツイードのスーツを着る。九つの特定要件が生みだした男……。（"Unconstructed M" 一七二―七三：二七三―七四）

類似した二つのものの同一性の度合を左右するのは、たんにその二つのものの類似だけではない。ケナーが想定しているように、何ごとかの本質でもない。それは模像に貼りついたメタ・コミュニケーション的メッセージである。

デイヴィッド・ウィングローヴは、「かつて暖かい人間」であったものが「モノ」

に化してしまうディック的モチーフに触れて、「ひょっとしたらそれは、種類というものの境目がにじんでしまい、区別をする能力がうしなわれたのだということで説明がつくのかもしれない。しかし、それよりもっと極端なことが起こっているように思われる」と言う。「子宮から生まれたモノと機械によって作られたモノという種類の境目のこのにじみ」の理由を、ウィングローヴは、「究極的なリアリティーの開示」に求めて、それ以上は「にじみ」のことを追及しない（Wingrove 三〇–三一）。ここでは、ディックにおける〈種類の種類〉というもののあいだの境目のにじみについて、もうすこし考えてみたい。ディックでかなりだいじなのは、同じ抽象レベルにあるカテゴリーの混乱の問題ではなく、抽象のレベルの混同の問題ではなかろうかと思うのである。

注釈は本文にたいして注釈を加えている。私たちの表情や身振りは、発言にたいして注釈を加えている。同じように、ことばはモノにたいして、ひとつ上の抽象レベルにある。ことばを使ってモノについて語ることはできるが、モノを用いてことばについて語ることは、むずかしい。これらのもののあいだには、抽象レベルの境目がある。だがディックでは、小説と現実、夢と現実、ことばとモノ、思考と世界だけでなく、人間と機械、人間と動物、神と人間などなどを見わける境目がにじんでいる。ところで、人間と機械、人間と動物、神と人間の違いも抽象のレベルの違いだろうか。そうであると言えないことはないと思う。

人間が人間に似せて機械を作ることはできる、どころか、人間の作る機械は、どんなに人間と異なっているように見えても、していることは結局人間ができないでもないことに似たことである。だが、機械が機械に似せて人間を作ることはできない。「自動工場」のディックでさえ、機械が機械に似せて機械を作りつづけることしか想像しなかった（"Autofac"）。しかもディックが想像した機械の自己再生産の方法は、卵という生物の方法の模倣だった。同じように、人間が動物を人間になぞらえて考えることはできるが、動物には人間を動物になぞらえて考えることはできない（のだろう）。神と人間の抽象レベルの差については、一九六六年のディックが書いた文章に同意することができる。「神の主題についての究極的なことばは、……すでに述べられてしまったのかもしれない。紀元八四〇年に、ヨハネス・スコトゥス・エリウゲナによって、フランク王国のカール禿頭王の宮廷で。《われわれは神が何であるか知らない。神自身も彼が何であるか知らない。なぜなら、彼は何ものかではないからである。神は、文字どおりには、存在しない。彼は存在を超越しているからである》」（"Notes" to *We Can Remember It for You Wholesale* 四八八）。

お告げ

さきほどの遊びと夢の対照表にさらにひとつの項目を付けくわえてみよう。夢の外にいる人は、夢を指して「あれは夢だ」というメタ・メッセージを所有している。だれかを自分の嘘でみごとにだましている悪い奴のように。そしてそれにたいして、だれかの嘘をすっかり真に受けてしまっている人を置けば、それが嘘の構図である。地図と土地とがまったく違うことを、両方を見ている人ははっきりと知っており、地図だけ見ている人は全然知らず、しかも両方見ている人が地図のほかに土地もあることを隠しているばあい、それは「地図と土地とは相等しく、同時に別物」である遊びや冗談の構造ではなくて、はっきりとした意図に基づく純粋な嘘のしくみに属している。そこには、地図が土地であって相等しいか、まったくの別物であるか、その二つの可能性しか許されていない。

『時は乱れて』を例にとってみよう。ときは一九九〇年代はじめ、レイグル・ガムはパターン認識の天才。おりしも月の植民地と地球のあいだで戦争がはじまる。レイグルは月から飛んでくるミサイルの目標地点を正確に予測する。しかし彼の精神はストレスのため、子どもだった五〇年代に退行しはじめる。そこで当局は五〇年代そのままの町を作り、記憶を改造した町の住民とともにレイグルをそこに住まわせ、『小さなみどりいろの男はどこへ行く?』という新聞の連載クイズに答えさせる。五〇年代の世界で「小さなみどりいろの男がどこへ行く」かは、九〇年代の世界でのミサイルの目標地点と対応している。レイグルは「史上空前のクイズ王」であり、クイズの放棄は許されない。月のエージェントが侵入して、本物の(九〇年代の)電話帳や、レイグルの工場の写真などをレイグルの「現実」にしのびこませる。当局はそれをはばみ、レイグルを封じこめつづけようとする。ミサイルの目標地点は土地である。『小さなみどりいろの男はどこへ行く?』は地図である。レイグルはそれを土地だと思っている。

終ってしまった戦争の映像と実在しない指導者ヤンシーの演説を、地下で暮らすタンカーたちに流しつづけて上に出てこないようにし、地上で特権を謳歌するヤンスマンを描く『最後から二つ目の真実』や、それと同工異曲の短編「ヤンシーにならえ」も、権力による陰謀説をあまりにも素朴に表明している。それらは、べつにおもしろくも珍しくもない「嘘」の構図を提示しているだけだが、そんなばあいでさえ、下で暮らす人びとへの最初のお告げは、半覚醒状態の耳に聞こえてくる目覚し時計の音程度には微妙な音色をしている。こうした単純な嘘の構図は、ディックの初期に頻出し、寓話の内容が権力への批判であったり、権力へのパラノイア的な恐怖であることがよく知られている。

そして、ディックの作中人物たちは、しばしば、「これは夢だ」というお告げを伴った奇妙な夢を見ている。あらためて想起するまでもなく、『ユービック』の半生者ジョー・チップたちは、生者の世界の模像を夢見てそのなかで生きている。それは、徐々に生者の世界との類似性をうしなっていくが、ジョーの会社の社長で死んだはずのグレン・ランシターは、コインの肖像やテレビのコマーシャルにあらわれて、告げようとする。ジョーの夢見る世界は、本当の世界とただ似ているだけだ、同じではない、そこには夢の外側があり、外側から見たらジョーの世界は、気の毒な幻想でしかない。君達の前にあるその世界は、たしかに君達の知る何かに似ているんだけれども、でも本当は本気で似せようというつもりはないんだ、本気で受けとってもらってはいけない、というお知らせのごときものである。

テレビのスクリーンがまた明るくなったので彼は驚いた。ペダル・スイッチを押したりしていなかったからだ。それに、勝手にチャンネルが切り替わりはじめた。つぎつぎにイメージが走り過ぎ、やがて得体の知れない意志の持主が満足してそれは止まった。最後のイメージが残った。

グレン・ランシターの顔だった。

「味がわからなくてうんざりしてませんか?」グレン・ランシターがおなじみの重々しい声でいった。「煮キャベツばかり食べてませんか? レンジにいくらコインを入れても、あきあきした古い味気ない月曜の朝の匂いしか感じないのでは? ユービックですべてが変わります。ユービックで食べ物に、風味と味と香りを取り戻しましょう」。(*Ubik* 一二四:一八七―八八)

本気でだまされている人に、本気になってはいけないのかもしれないと思わせるメタ・メッセージの破片である。遊びや冗談に似た論理的構造である。

類似した二つのものに同一性がないことを告げるのは、模像にラベルのように貼り付いた気配である。ディックにはこの気配が充満している。そしてそれらの気配は、ラベルだから、深みを持たない。ビンに貼りついたラベルは、ビンと同じ意味では奥行きを持っていない。メッセージに深みがあるはずがあるだろうか。映画『トータル・リコール』は、ディックとの関係云々ではなく、たんに映画として、論評を差しひかえるのがたしなみであるというほかない水準にしか達していなかったが、それでも、アーノルド・シュワルツェネッガーの前にトータル・リコール社派遣の医師と称する人物があらわれて、「君の見ているのは夢だ。この薬を飲みなさい。そうすれば現実に戻れる」と言い、シュワルツェネッガーがピストルを突きつけると、「撃ってもいいが、君には私は殺せない。私は君の夢には属していない」と言うところはちょっと良かった。使者を射殺することはできるが、お告げを射殺することはできない。

早い時期の短編「アジャストメント・チーム」の主人公エド・フレッチャーは、一レベル上の存在たちが「調整」をしている最中の勤め先の町に、手違いで遅れて到着する。すると、事務所のエヴァンズ嬢は、「タイプライターのキーに指を置いて動かない」でいるし、彼女の「髪も、肌も、服も灰色」で、「彼が触ると、指が彼女の肩を通りぬけてしまう」("Adjustment Team" 三四九)。それは、彼女が、だれかからの「ただ今調整中」というお知らせと化していて、質量など持っていないからだ。

嘘や夢の構図が存在しなくても、ディックには二次元的で商業主義的なお知らせだけは遍在している。「小さな黒い箱」のメリタンとジョーン・ハヤシは、自分の紡ぎだした幻想のなかで暮らしているわけでもなく、権力が作りだした疑似的な現実を強制的に信じさせられているわけでもない。彼らは、ディックなりにはありふれた日常的現実のなかで迫害に抵抗しているだけである。夢に似て自足した世界を、ただ生きているだけだ。しかし、小さな黒い「共感ボックス」を使うマーサー教の弾圧に乗りだした権力から逃れようとするふたりの前にニューヨークの空港であらわれて、〈メリー・ミール〉という「朝食用シリアルの無料見本」を渡す「映像みたいな感じ」の男は、やはりお告げをする人の臭いを漂わせている。その男は箱の中にサービス券が入ってますと言う。

彼はそのサービス券をひっぱりだし、目の前にかざした。サービス券には、大きなはっきりした文字で、こんな印刷がしてあった——

ふつうの家庭用品を使って
共感ボックスを組みたてる方法
（"Little Black Box" 三八：二四七—四八）

こんなところにも、「スーパーマーケットの開店のときに風船や紫色のランの花と一緒に配られる景品みたい」な二次元的な非現実性が出現してしまう。だまし絵がだまし絵であることに気づきかける瞬間、あるべきフレームの非在という不可視の事実がチラリと見えたような気がしはじめる瞬間に走りすぎていく、奥行きのない、だが可視化された抽象性の残像がある。なんだかみょうなところから、ちらちら顔を出すこうしたディックのお告げの破片たちは、「特別の《コンピュータ眼鏡》」をかけている人たちに、その眼鏡をかけさせたまま、見えるはずのないコンピュータの外側への通路を感知させようとしている。

それは、比較的には安定しているように見えるこの世界でさえも、じつは物理的現実と見えないメタ・ステイトメントで出来上がっていることを、あらためて想起させるはたらきを持っているのだろう。そのために、見えるはずのないメタ・ステイトメントが、「景品みたい」な感じでシリアルの箱のなかに入ったりして、お告げとしてしてあらわれてくるのだろう。

この名前はなんという犬ですか?

さて、『ユービック』などでは、「これは夢だ」というお告げは、もっともらしい表情をして現実に類似した壁をはりめぐらしている夢に逆らわなければいけない。だから、本来出てきにくい性質を持っているのになんとか頑張って、一生懸命になって出てこようとしている。便所の壁やテレビのCMや、コインの肖像など、なにか夢のほうでも監視の目がゆるんでつい隙を見せているようなところ、夢の壁がちょっと疲れて亀裂を生じさせたようなところに、けなげな様子で顔を出してくる。作中人物は、そうしたお告げを、熱心に捜そうとしている。夢から醒めたがっている。冗談の種明しをしてもらいたがっている。

ただし、これはまださほど深刻な事態ではない。今見てきたように、ディックの世界では、物理的な現実のレベルとメタ・ステイトメント、コメントのレベルがまずはっきりとわかれている。状況の水準とお告げの水準。ディック的な、状況／お告げ構造である。ここで、状況に添付されるお告げが「これは本当だ」であるか「これは嘘だ」であるかは、じつはそれほど重要ではない。「嘘だ」は「本当だ」にマイナスの付箋を付けたようなもの、「本当だ」を一八〇度転倒させたものにすぎない。

「嘘だ」というコメントは注目に値しないが、「嘘のコメント」、偽のお告げは注目に値する。

『パーマー』などでは、作中人物の生きる世界は夢ではなくて、一応作品のなかの現実なのに、そこに「これは夢だ」という、たいへんにお節介な偽のお告げが、あらわれる。それは、とても容易に出てくる。そして偽の真実を告げる。作中人物は、それをたいへん迷惑に思っている。邪魔だと感じている。でも、出てくるのである。

じつはそもそも、『ユービック』の最後に、生きているのはグレン・ランシター、ほとんど死んだ半生者なのに生きている夢を見ているのがジョー・チップだと、ようやく種明しが終ったあと、ランシターがスイスの死亡延期所の外に出たとき、そこで彼の手のなかのコインに浮き出るジョーの肖像は、この余計なお告げの格好の例である。

こうした「嘘のコメント」が迷惑なのは、それが次に見る現実レベルとコメントレベルの入れ替わり、状況とお告げの逆転と同様、ディック的な状況／お告げ構造自体を動揺させるからだ。

『流れよ我が涙、と警官は言った』のジェイスン・タヴァナーは、テレビの司会者で有名人だが、ある朝場末の安ホテルで目覚めて、世界が自分についての記憶をうしなってしまっているのを知る。彼が世界についての記憶を喪失したのではない。この時代、ありとあらゆる個人情報は、警察国家による一元的管理のもとに置かれている。その警察のファイルにも、彼の情報はない。だが、警察の高官フェリックス・バックマンの双子の妹であるアリスだけは、彼のことを知っている。ジェイスンは、アリスがくれた薬を飲む。すると、世界が彼についての記憶を取り戻しはじめる。彼は、「あの麻薬、なんだかわからないが、アリスがくれたやつ」を「飲んでいるあいだだけおれは存在しているのかもしれな」くて、有名人だったときの「おれの芸歴、まるまる二十年はあの薬によって創り出された遡及的な幻覚」で、世界が突然彼についての記憶を喪失したのは、「その薬が切れたということ」かもしれないと考える（*Flow My Tears* 一五九：二五一－五二）。薬の幻覚を見ているときだけ有名人、薬が切れたら名無しの権兵衛。ジェイスンの視点から見て、ありうるシナリオだ。だが本当は、アリスこそひどく効き目の強い新しい幻覚剤ＫＲ－３を飲んでいたのであり、その幻覚のなかではジェイスンのことをだれも知らない。アリスの個人的な夢の壁の内部でそうなのではない。むしろ、アリスだけはジェイスンのことを憶えている。アリスの夢の外側で、アリスとジェイスン以外のすべての人によって、アリスの夢が見られていたのだ。アリスが幻覚を見ているせいで、その幻覚の外側の現実の側で、幻覚のなかの出来事が起こってしまう。現実が幻覚に飲みこまれたのである。

ここでは、彼が世界について考えているのではない。世界が彼について考えている。世界についての彼の思考に影響を及ぼすはずの薬物は、彼についての世界の思考を変化させる。このように表現すればそれほどおかしなことでもないように聞こえるが、ここで起こっている奇妙な事態は、じつは状況とお告げの、異なっているはずのレベルの混乱である。人間は外界の模造を頭のなかに作れるが、その逆は生じない。世界についての模造は考えられるが、模造についての世界は考えられない。状況についてのお告げはあるが、お告げについての状況というものは想定されていない。そんなふうに言えば、ジェイスンについての記憶をうしなったりする世界の非常識さがわかりやすいものになる。ふつうは、犬に名前がついているのであって、名前に犬がついているのではない。「この名前はなんという犬ですか」と尋ねられたら、だれでも軽いめまいを覚えるにちがいない。

ディックでしばしば起こることは、名前に犬がつくような、現実レベルとメタ・ステイトメントレベルの入れ替わりである。状況／お告げ構造の、お告げ／状況構造への転倒である。その時批判され、動揺し、危機に瀕するのは、ディック的な状況／お告げ構造自体である。

『聖なる侵入』のイマニュエルは、突然彼の前の「すべてが消滅」したとき「私は完全に忘れてしまった。……そして私が完全に忘れたせいで、すべてが消えてしまったのだ」と悟る(*Divine Invasion* 五一：七六)。これは、私が死ねば私にとっての世界は消滅するなどというのとは、違う。私が忘れたら、本当に世界がなくなる。私の頭のなかで起こっていることが、私の思考が、すなわち世界であり、世界はすなわち私の思考である、という意味だ。それはやはり、はなはだしい抽象レベルの混同である。

『パーマー』の、パーマー・エルドリッチのスーパー・ドラッグ、チューZが作りだすスーパーな幻覚のなかのパーマー・エルドリッチは、この「全然夢みたいではなく」て「それよりは地獄にいるのに似てる」(*Three Stigmata* 一五八：二三五)幻覚が幻覚であることを、幻覚を見る人に何よりも強く知らせるマーカーである。バーニー・メイヤスンが二度目のチューZトリップから、一応、戻ると、はじめてチューZを体験した火星植民者仲間がやってくる。

彼の個室の戸口にノーム・シャインとフラン・シャインが顔を出した。「おい、メイヤスン、どうだった。二度目のチューZ」。彼らは、彼の答えをうながすように、入ってきた。

「ぜったいはやらないよ」

がっかりしたように、ノームが言う。「おれとは違うな。おれは気に入った。キャンDよりはるかにいい。ただ……」、彼は躊躇し、眉をひそめ、不安そうに妻を見る。「ただ、おれの行ったところには、なんか気持ちの悪い存在がいて、それでもうひとつしっくりこなかったんだな……」。(一八九：三一七―一八)

このパーマー・エルドリッチは、幻覚の外にもどんどん出てきて、だれもがみなパーマーになってしまう。一度目のチューZトリップから、一応戻ったばかりのバーニーと話すキリスト教伝道者アン・ホーソンの「片方の腕は義手」で、「彼が彼女の顔に視線を上げると、彼には空虚が見えた。エルドリッチがそこから浮かび上がってきた星系間の虚空と同じほど際限のない無が見えた。その死んだ二つの眼のなかには、人類の知る、人類の訪れたことのある宇宙のそのまたさきの虚空があった」(一五八―五九:二六五―六六)のでは、これは落ちついてもいられないだろう。

『パーマー』の終りちかく、パーマー・エルドリッチと闘い、そしてどうやら彼を退治する運命にあるらしいパーキー・パット・レイアウツ社の社長レオ・ビュレロは、フェリックス・ブラウとともに、火星からテラへ帰る宇宙船の客となる。彼はフェリックスの手が義手になっていることに、ふと気がつく。フェリックスもレオが義手を持っているという。レオはチューZを強制投与されたことがあるが、フェリックスはチューZに近づいたこともないのに。眼もそうだ。「三つの聖痕すべて―生気のない人工の手、ジェンセン義眼、根本的に歪んだ顎」(一九四:三二七―二八)が、ふたりにはあらわれている。それればかりではない。座席の乗客全員がエルドリッチの三つの聖痕を持っている。

〔フェリックス〕は、他の座席に座るひとびとを、ずっと通路の先まで、熱心に見つめていた。レオもそちらに視線を向けた。そして彼にもわかった。同じ顎の歪み。同じ、輝く、肉を持たない右手。ホメオペイプを持っているものもある。本を持っているものもある。落ちつかない様子でトントンと指で肘掛けをたたいているものもある。どこまで行っても、通路が終って操縦室のところまで。あのなかもそうだ、と彼にはわかった。みんなそうなんだ。（二〇〇一：三三八—三九）

一方では、お告げが、本当ではない状況について、それは本当ではないと、教えにくる。他方では、偽のお告げが、本当である状況について、それは本当ではないと、教えにくる。本当の本当はそうではないと、教えにくる。それはまちがいなく、人を当惑させる。何をどうとっていいのかわからなくさせる。ディックはさまざまに解決を模索する。しかしそのすべては、状況／お告げ型の構造を揺さぶる批判となってしまう。

ディックの描く世界が、精神分裂病と親近性を持っているということは、よく知られたことだし、分裂病者は、メタ・コミュニケーション的メッセージの解釈に困難が生じて、「あるメッセージがどんな種類のメッセージなのか」が「もはやわからない」

とは、ベイトソンの有名な報告であるが、ディックの作中人物たちがしめす解決法も、ベイトソンが言うところの分裂病者が「自己を防御する方法」に似ている。

レオは、この状況を「外部的な、非本質的な変更」だと考え、「最初から自分のなかに植え込まれている力への信頼」、「パーマー・エルドリッチさえ手の届かない何か」への信頼に依拠して、闘おうとする（二〇三：三四二）。彼はニセのお告げをたんに「外観」であると捉え、それに人間の本質を対置しようとする。三つの聖痕が人類全員にあらわれても、それを字義どおりに、ただの義手と義眼と義歯と受けとり、それ以外に何の意味もないと考えることによって。だがそれは、「人が自分に言うことを、みな字句通り受け止めるようになる」ベイトソン風に定義した破瓜型分裂病の防御方法に似ている。

バーニーは違った考えを持っている。お告げは夢の外側の現実をしめしてくれる。しかし、偽のお告げは、スーパーお告げであって、現実の向こう側の「絶対的現実」からのメッセージだ。その絶対的現実がどのようなものであれ、これは、「あらゆる言葉の裏に、……隠された意味があると思い込むようになる」パラノイア的解決である（Bateson 二一一：二九九）。しかもそれは、ディック初期の権力パラノイアを、宗教的超越者で置き換えた、出発点に酷似した構造への回帰である。

「人工の義手。歪んだおれの顎。それから眼は……」

「そう。機械みたいな、スリットみたいな眼。あれはどういう意味なの？」アンは緊張して尋ねる。

バーニーは言う。「君が絶対的な現実をのぞき込んでたっていう意味だよ。たんなる外見の向こうの本質を」。言いながら、彼は心のなかで思う。君達の用語法では、君の見たものは—聖痕と呼ばれている。（一九四：三二七）

ディックは、レオにもバーニーにも強い共感を寄せてはいるが、このふたりの方法のどちらかを選んではいない。「抽象的なるものの領域」を追放し「つねに増殖しつづける個別事象の風景」でしかないリベラルな「近代の知覚」（Fish 四〇四）、それ自体ベイトソン風に定義した破瓜型分裂病のようなところのある「近代の知覚」のなかへ、抽象的なるものを呼び戻そうとして、ディックはいつまでもその知覚自体に挑戦／敗北しつづけるのだろう。

注

（1）以下、括弧内をセミコロンで区切って引用ページを示したばあい、セミコロンの後ろは邦訳のページ数をあらわす。

（2）巽「チープなギャグにしてくれ」を参照。巽は、「ディックを読むことが、たえずディック読解の生産システムを読むこととのあいだにインターテクスチュアルな関わりを結ぶ事態を深く意識」（七六）しているばかりでなく、そうした事態の研究と把握にかけて、群を抜いた成果を残している。『悪夢としてのP・K・ディック』（サンリオ 一九八六）の「フィリップ・K・ディック批評史概説」や、川又千秋との対談「フィリップ・K・ディックブームの転生」（『銀星倶楽部』一二）など。

（3）これはウォルター・ベン・マイケルズが『金本位制と自然主義のロジック』で論じていることである。

分離と接触
――スティーヴン・クレインの知覚

協働

スティーヴン・クレインの「オープン・ボート」には、生命の危機の体験が下敷きにある。仲間との身体的接触と皮膚から伝わる温もりも語られている。

窮屈な船尾にふたりの男がいた。ディンギーの上では間合いがあまりふんだんにあったので、漕ぎ手は仲間の身体の下へずっと足を入れてすこし暖めることができた。ほんとうのことを言うと仲間の脚は、漕ぎ手の座よりずっと先まで伸びて、舳先にいる船長の足に触れていた。（"Open Boat" 八九九）

フロリダの沖でも正月の海は冷たい。「コックが腕を給油係の首に巻いて」（九〇〇）寝ながら、夜を過ごす。温もりは仲間の身体からしか得られない。

タイミングを合わせてボートの漕ぎ手の座に移動するエピソードもある。

まず船尾の男が腰掛け梁にそって手を滑らしながら、まるで自分が高価な磁器でできてでもいるみたいに用心深く動いた。つぎに漕ぎ手の座にいる男がもう一方の腰掛け梁にそって手を滑らした。すべてがこれ以上ないほど注意深く行われた。全員が今度来る波に警戒の目を注ぐなかで、ふたりが横に動きながらすれ違おうとするとき、船長が叫んだ。

「そら気をつけろ。つかまれ」(八八九)

船長の号令に即座に反応する漕ぎ手がいる。片腕を負傷した船長は、「このディンギーの寄せ集めの三人よりもてきぱきと速やかに彼にしたがう乗組員を指揮することはのぞめなかった」し、「だれもそうだとは言わなかった。だれも口に出さなかった」が、それが「お互いの身の安全のために一番いい」だけでなく「個人的で心の底から」意味のわかる人間たちの接触と協働がそこにある(八九〇)。

新聞記者は、「もしも運命の女神が結局は俺を溺れさせるんだったら、こんなにボートを漕いで苦痛を味わう前に溺れさせるべきだ。(こんな努力が全然報われないのなら、それは不条理だ)」とくり返し考える。

「俺」は溺れない。しかし、いちばんたくさんボートを漕いだ給油係が溺れる。運命の女神はたいへん意地が悪い。給油係の不幸は、運命の女神のせいである。それがこの短い小説の一応もっているように見える意味のひとつだ。人知を超えたものに人間は関与できない。運命の女神は、人間に責任を回避させてくれる。

一八九六年の一二月三一日、フロリダ州ジャクソンビルから、アーヴィング・バチェラーのシンジケートの資金を得たクレインは、『コモドア』号に乗船する。キューバの革命扇動を目的に出港する船である。この船が難破する。元旦のことだ。「クレインみずからが語る」("Stephen Crane's Own Story," *New York Press*, Jan 7, 1897) は、生還後間もないクレインがこの体験を報告した新聞記事である。それは、出港から、救命ボートが海に降ろされる時点までを語っている。「オープン・ボート」はその後を引きついで、海岸にたどり着くまでを語ったフィクションである。

クレインを含めて二七人（うち一六人はキューバ人）を乗せた『コモドア』号は、フロリダ東海岸沖の荒海を進む。エンジンルームに浸水し、やがて手の施しようがなくなる。まず三隻のボートを下ろす。クレインは船長、コック、給油係と四隻目の「一〇フィートのディンギーに」最後に乗り移る。嵐の海にボートを降ろす危険な場面になっても、それを語るクレインの口調は、明るい冒険のナラティブのそれだ。やがて明け方近く、まだ沈みきらない船上に七人の人影を見る。三隻目の彼らのボートが転覆して船に戻ったと言う。いかだを作った、ひいてくれ。無理はわかっているがしばらく綱を引く。やがて、いかだの黒人がボートを引きよせはじめ、やむをえず綱を放す。

コックがロープを握っていた。とつぜんボートが後退しはじめた。最初のいかだに乗った黒人がどんどんとロープを手繰り寄せて、われわれを自分の方へひっぱっているのを見た。

彼は悪鬼に変じていた。手がつけられなかった。まるで虎だった。いかだの上でしゃがみこんで今にも跳躍しようとしていた。筋肉という筋肉がしなやかなばねに変わっているように思えた。黒目はほとんど見えなかった。助からないとわかっているのに懸命に手を上に差し伸べる男の顔をしていた。舷側に彼の手がかかったら、われわれの命運も尽きるとわかった。コックはロープを放した。

("Stephen Crane's Own Story" 八八三)

いかだは沈んでいくコモドア号とともに海中に引きこまれる。七人は死ぬ。しかし、勇気と怯懦、道徳的懐疑という『ロード・ジム』風の主題へと発展したかもしれない物語(Benfey 一九一)は、その方向には進まない。

黒人は「悪鬼」のよう、「虎」のようだ。黒人は、もう人間のようではない。人間がロープを握っていなければならない責任、人間がロープを放してしまった責任は、大いに軽減される。「悪鬼」の表象は、人間に責任を回避させてくれる。「悪鬼」がロープを切断させたのだ。

もしも七人と給油係の死に、クレインがいくばくかの、責任とまではいかなくても何か処理しきれない思いを抱いていたとしても、それはこうして「運命の女神」と「悪鬼」の物語によって抑圧される。「オープン・ボート」では、そうした心理は船長の良心へと置換され、「明け方の灰色のなかからこちらを見ている七人の姿」が、眠りから覚めきらない夢の残像のように、説明不足の痕跡として「この船長の心にきびしい印象となって残」(“Open Boat” 八八五) っているだけだ。

このように、運命の女神と悪鬼の、ありふれた表象に依存した物語は、表面上のものにすぎない。それらは、人間と人間との連結を切断するために要請されたものにすぎない。この物語の下のもうすこし深いところに、人間の身体との接触とその切断という主題が潜んでいる。

困難の果てに、やがて陸が見える。だが、だれも小船を見ていない。「何で気がつかないんだろう?」と四人はくり返す。

浜辺に人影が見える。小船の四人は、浜辺の連中のひとりがさかんにコートを振りまわしつづけるのを見る。四人には男の振舞いの意味がわからない。

「コート持ったあの馬鹿の意味は何だ? あいつ何の合図してるんだ?」

……

「どうでもいいけどあの合図の意味の見当がついたらな。あいつどういうつもりだと思う?」

「あいつにはつもりとかはない。遊んでるだけだ」

……

「やっこさんまだコート振ってるぞ」

「きっとあいつがああするの見ておれたちが喜んでると思ってるのよ。やめりゃいいのにな。意味がない」

……

「あいついつまでああしてられるんだろう? おれたちを見つけてからずっとコート振りまわしてるぞ。ありゃ馬鹿だ……」(八九七)

やがてこの男が夕闇に飲みこまれる。驚くべきことに、この男は日が暮れるまでコートを振りまわしつづけていたらしい。この男が何をしていたのかは、ついにだれにもわからない。

岸辺は夕闇に包まれた。コートを振りまわしていた男は、だんだんにこの闇に飲みこまれた。同じように乗り合い馬車も人びとの群れも見えなくなった。(八九八)

いかだの黒人が「悪鬼」であると、すぐさま見ぬけたのとは大きな違いのように思える。だがこれはほんとうに大きな違いなのだろうか。

ロープを放すクレインの小船を黒人の側から見れば、浜辺で意味不明の行動をする男をクレインの小船から見たのと大差のない景色が見えたはずだ。生命を維持しつづけようとする自然な努力にたいする、連接と接触の拒絶と切断の景色。対象との連接を切断し、対象からの干渉を極小化したたんなる認識の姿勢。浜辺の男も苦境にある四人と交渉しない。彼は小船の前に景色としてある。小船は彼の前に景色としてある。見ていること、見えていることを超える相互交渉的な関係を欠いて、彼も小船との接触を拒絶している。

視覚の遊離

コックがロープから手を放すとき、集団が解体する。小船が転覆するとき、小船の四人もばらばらになる。なかでも、「ひとりだけ先に泳いでい」った給油係は、やがて死体となって横たわる。物理的な身体的連接がうしなわれ、社会的な関係があらわれる。特派員は、四人で一緒に波を乗りきってきたボートの漕ぎ手から特派員に戻る。彼は記事を書きはじめる。クレインの世界で通常なのは、人間と人間の身体がくっついている状態ではない。クレインの世界で当たり前に観察されるのは、割りふられた社会的役割にしたがって、人びとが振舞う様子である。

『ホワイロンビル・ストーリーズ』のなかの一編「ホーマー・フェルプスの裁判、処刑、そして埋葬」のホーマー・フェルプスは、年上の友達と近所の森でやっている山賊ごっこが、幼くてよく呑みこめない。怪しいやつとして裁判にかけられ、処刑されそうになり、本気で抵抗する。しかし、クレインの登場人物のほとんどは、ホーマーとは違う。彼らは役割や役どころに同化することに熱心だ。

クレインは人間たちの世界から、役割だけを分離し抽出して、そこに彼の登場人物を当てはめる。「背の高い兵士」や「やかましい兵士」や「ぼろぼろの服を着た兵士」に立ちまじって「臆病者」から「勇敢な兵士」らしき者に変化する「若者」は、『赤い武功章』の最後では、「連隊の旗手」の役どころを手に入れている。『マギー』は「見えない存在」から「ピートの愛人」に、そして「娼婦」からまた「見えない存在」へと役割を変えていく。

彼らに役割を割りふるのは、視線である。クレインの登場人物たちがひっきりなしに気にしている他人の視線である。クレインの世界は演劇的で、視線がひとびとに役割を与えている。お客がいないと芝居がはじまらない。この視線は、根本的には既成の社会的役割に人間を当てはめているだけだ。クレインの登場人物と他の登場人物の関係は、圧倒的に視線の交換に支配されている。お互いに触ったり、一緒に動いたり、話したり、などなどの「自然な」私とあなたとのやりとりを圧して、視線が交わされる。

『マギー』についてマーク・セルツァーは、「これは見るための機械で、そのなかにみんなが捉えられている」と言う。そのとおりである。ただし、セルツァーはこうも言う。「(この見るための機械は)肉体から離れでた凝視と目というものの肉体性の差異について……ためらいがちに語っている」(Seltzer, *Bodies and Machines* 九七)。これには同意できない。セルツァーはクレインの視線を、フーコー的な意味での権力の視線ともとらえようとするのでこういうことになるのだが、クレインで特徴的なのは、圧倒的に「肉体から離れでた凝視」の方であって、「目というものの肉体性」の方ではない。クレインにも歴史性、社会性の次元は明らかに存在する。しかしそれは、権力であれ何であれ、一見したところの社会性の希薄さを通じて発現する。目というものが肉体性をほとんど喪失して、「肉体から離れでた凝視」に特化することを通じて発現する。

クレインで肝心なことは、あなたの視線を気にすることが、私とあなたの関与を深めることではなく、私とあなたの関係を切断するためにはたらいているということだ。

視線は、その他の手段による接触を不必要にするために動員される。

したがって、彼らが社会的な役どころを手に入れて人に見られるようになると、人を見ることのできる観客にもなれて冷静な客観的視覚認識を獲得する様子であるのは、一見したところほどふしぎなことではない。おたがいの視線によって結びついてはいるが、視線以外のものによっては結びついていないのが、クレインの空間に住むひとびとだからである。

『赤い武功章』の若者は、見られているとわかったときに、冷静に対象を認識する目を獲得する。自分の勇気を将校たちや連隊の仲間にしめしおわると、

> とうとう彼のこれまでのふるまいのすべてが、彼の目の前を行進するのがはっきりと見えるようになった。今いる場所から見てみると、それを観客みたいに見物し、すこしは正確に欠点を見てとることもできた。新しい彼の状態は、ある種の共感を否定してはじめて手に入れたものだったからだ。……仲間たちがたしかに目にした自分のふるまいが、今やさまざまに光を反射する紫と金の幅の広い列になって行進していった。(*Red Badge* 一二〇)

余裕のある視点を獲得するためには、自分が対象として認識される程度の距離と自分を対象として認識するに過ぎない薄い関係が、自分を見る者と自分、自分が見るものと自分に見られるものとの間に確立される必要があるらしい。それは、器械のようでもあり、近代の工場のようでもある『赤い武功章』の軍隊のなかで、そしてクレインの都市の街路のなかで、部品としての自分の位置が確立することとも照応している。

若者は、まだ旗手を務め、すこしも退屈しなかった。観客として、すっかり我を忘れていた。（二〇二）

旗手としての機能を果たし、旗手としてみんなから見られることが、まわりを見るための条件である。そのふたつのことの間に、ここでは区別がない。

離れた場所からの視線の交換、それは自然な解釈の方法を採用せず、距離を取って、あくまでも自分とは別個の対象を、もっぱら視覚に頼って捉えることである。

難破した船から小船に乗り移った四人の男たちが「空の色」を知らないことを知らない人は、クレインの読者にはいない。彼らは、前方の波の壁ばかり見ている。彼らは空に視線を向けない。

だれも空の色を知らなかった。彼らの目はまっすぐ前に向けられ、彼らに向かってくる速い大きな波に固定されていた。波はスレートの色合いをしていた。波頭だけは違った。波頭は泡立って白かった。そして彼らはみな、海の色を知っていた。("Open Boat" 八八五)

四人は、波の底に降りたとき前方の波の壁を見つめ、波の頂点に小船が登ったとき、陸を見ようとする。視点は波に翻弄される小船に見事に固定されていて、この時、この場所の、この四人の身体を離れることがすくない。このこともよく知られている。だが、クレインは、身体的危険にさらされて協働する四人の乗ったこの小船をも、ときに距離を取った視線の下にかりに置いてみずにはいられない。

青ざめた光のなかで、男たちの顔は灰色だったに違いない。じっと船尾の方向を見つめる彼らの目は奇妙に輝いていたに違いない。バルコニーからこの光景の全体を眺めたら、それは奇妙な絵のようであったに違いない。(八八六)

それは、身体的に接触しつつタイミングをあわせて運動する小船の四人の協働と、鮮明に対立している。どこからか海に舞いおりて四人を凝視し、彼らを薄気味悪がらせる鴎たちの目のように、手の届かないところからくる視線だ。

鴎たちはたびたびとても近くまでやってきて、黒いガラス玉みたいな目で彼らを凝視した。そんなとき、鴎たちのまばたきひとつしない観察は、薄気味悪く、不吉に思われた。(八八)

小船のなかで起こっていることは、複数の個体による相互行為である。彼らは身体の温度を与え、与えられ、相棒の身体の動きを観察し、それにあわせて自分の身体を移動させる。船長の命令に間髪を入れずにしたがい、ボートの舳先の向きを調整する。小船と小船のなかの四人は、小船が転覆して四人が海に投げだされるまで、ひとつの全体として運動し、行動する。海に投げだされたあとでさえ、「ひとりで先に泳いでい」ってしまう給油係を除くと、船長の指令にしたがってみんなで波打ち際に向かう。

小船を含む景色を「バルコニーから」眺める架空の目は、対象からまったく干渉されない孤立した認識主観である。「オープン・ボート」の片方には、共有される限局された空間のなかでの身体の連続と接触と協動を特徴とした相互行為がある。他方には、切断されて不連続な空間を隔てる孤立した主観による対象の認識がある。身体の接触が絶縁されるとき、諸感覚もおたがいに独立する。なかでも視覚が、浜辺でコートを振る男のように、独立する。そして、接触の廃棄によって生じた物理的な距離を隔ててすべてを制御する。

こうして視線は、人と人の間の相互行為から遊離している。クレインの無生物や死者たちがみな目をもっているのはそのためだ。「青いホテル」では喧嘩をする人間たちがテーブルをひっくり返し、「床中に散らばったトランプのカードを男たちのブーツが踏みつけ、太って厚化粧のキングとクイーンが、頭上で展開する戦いを鈍感な目で凝視して」(“Blue Hotel” 八一三―一四)いるし、死んでしまって「酒場にひとり取りのこされたスウェーデン人のなきがらは、キャッシュレジスターの上の《お支払い合計》という恐ろしい文句に、目をじっと据えて」(八二六)いる。「花嫁イェロースカイに来る」では、ピストルを撃ちまくるスクラッチーを見ていてくれる人間はいない代わりにポッターの家が、「まるで大きな石の神のように彼〔スクラッチー〕を見据えて」(“Bride” 七九六)いる。戦場へ行くと、野原にも、木の根方にも、埋葬用の穴の底にも、塹壕のなかにも死者たちが目を見開いてこちらを見ていることは、マイケル・フリードが作ってくれた精密な目録のおかげでよく知られている(Fried, *Realism,*

Writing, Disfiguration)。目をもった無生物や死者たちは、そのことによって擬人化されたり生命を吹きこまれたりしているわけではない。そのことはむしろ、見られる対象との接触を断ち、対象との関係を極小化する。

同じ視線は、大波に翻弄される小船のなかから、海や陸地にも向けられる。危険のさなかにあっても、たんに見るだけのはたらきを持った眼が、小船のなかの身体からさまよい出ようとする。この時、この場所のこの風景から乖離しようとする。

波の頂上はどれもが小山で、その天辺まで上がったとき男たちは一瞬、風にひき裂かれて輝く海が、荒れくるいながらどこまでも広がるのを見た。エメラルド色と白と琥珀色の光がほしいままに動きまわる海は、おそらく壮麗なものだったのだろう。おそらくはなばなしいものだったのだろう。(八八七)

見ている者と見られているものは、両方を含んだ同じ全体の一部ではない。こちら側に見る者がいて、あちらに見られるものがある。相互行為の様相がミニマムなとき、対象が眼前に大きく広がる。ボートを漕いでは眠りをむさぼり、また漕いでは眠って一夜を過ごした特派員が明け方目覚めるとき、肉体の運動も、寒さの感覚も、仲間たちとの協働も、まだ戻ってこない。目が、ひとりではたらきはじめる。

特派員がふたたび目を開けたとき、海も空も明け方の灰の色合いを帯びていた。しばらくすると、紅と金が波に塗られた。とうとう壮麗な朝が純粋に青い空とともにあらわれ、陽光が波頭を燃やした。（九〇五）

視覚が諸感覚から独立する。そのとき共通感覚が消滅する。最初の戦闘のあとの茫然自失の状態で『赤い武功章』の若者の目は、視覚をうしなっている。身体との距離をうしなっている。そこから彼は徐々に抜けだす。

若者はゆっくりと目を覚ました。彼はだんだんと、自分の身体をしげしげと見ることのできる位置に戻っていった。それまでのあいだしばらく、彼はまるではじめて見たみたいに自分の身体をぼんやりと見つめていたのだ。（一一七）

若者の目が、身体、諸感覚、そして彼の主体から乖離する。そのとき彼はリアリティー（モノの世界）をとらえる能力を手に入れる。ただし、彼は自分の身体を対象としてしか認識しないという代償を支払う。自分の身体や、自分を含む人間の社会、それに自分を含む物理的世界との、つまり環境の総体との相互行為的な交渉から離脱することによって認識が自立する。認識が自立するから環境の総体からの離脱が生じる。環境の総体とは、精神病理学者木村敏の言う「《生きること》にとっての実践的な意味方向」をともなって意味づけられたアクチュアリティー（コトの世界）である。それは、「意味」として主体とかかわるからこその「環境」であり「総体」である。若者の認識は、このアクチュアリティ（コトの世界）から切断され、「自分の身体をしげしげと見る」ことのできる認識の力を手に入れる。

どうやって認識も所有し、同時に環境からの（不幸な）離脱も生じないでいられるのかという疑問も生じないではないだろう。

木村敏によれば、われわれは「（視覚、聴覚、触覚、嗅覚、味覚の）さまざまな個別感覚」の他に、それらの「共通の基礎となる」ある「総合的感覚」を持っている。

それは、「私たちの《生きる》という営為にとって好都合であったり不都合であったりするような」世界の「意味」を捉える感覚である。世界の意味は、個別の感覚には捉えることができず、個別の感覚が捉えたものをいくら足し算してもけっして得られない。「《生きること》にとっての実践的な意味方向」を捉えるこの感覚、「共通感覚」が、意味はないがただ存在するモノを、意味を持って人間と相互交渉するコトに化す。モノはただ端的に物であるが、コトや意味は、行為とその効果との間に生ずるある関係である。したがって、そうしたコトを捉える「共通感覚」は、個別の感覚とはただ違うだけでなく、「位相」を異にしている。三角形や四角形をどんなに変形しても8の字にはならないように、視覚をどんなに修正しても共通感覚は得られない。そして、位相が違うので、このふたつは相互に排除しない。[1]

「モノ」（＝リアリティ）と「コト」（＝アクチュアリティ）の対比は単純な二元論的二項対立ではない。純然たるモノの領域と純然たるコトの領域がきれいに分かれているわけでもないし、一つのスペクトラムの両端にこの二つが位置していて、そのあいだにさまざまの濃淡をおびた両者の中間形態が配列されているというわけでもない。（木村 一三〇）

だからふつうだったら、片方を手に入れればもう片方が自動的になくなるわけではない。しかしクレインでは、一方がほとんど強制的に削除されている。視覚が独立して成立することが、身体の物理的な他者からの切断、主体の社会的な他者からの切断、そして視覚の他の感覚からの切断と相関している。その点にこの人の奇妙さを見るべきである。

認識主体と認識対象との連接の切断、したがって生きられた意味の欠如と、その代わりに印象の全体から分離したあざやかな個々の感覚印象の提示。クレインのこのような特質は、見られた情景の自己目的化した提示を呼びよせる。アラン・トラクテンバーグは言う。都市をスケッチするクレインは、目の前の現象にしか興味がない。

クレインの書いたものは、標準的な扱い方といくつかの肝心な点で異なっている。それは社会を研究しない。それは〈描かれた〉男たちへの同情を刺激しないし、彼らの困苦にたいして読者の心のなかに後ろめたい気持ちを生じさせもしない。それは場面を提示して見せるだけだ。空間を描写するだけだ。同じ年に手持ちのカメラでアルフレッド・スティーグリッツが撮った街路の写真と同じほど客観的だ。クレインが関心を抱いているのは彼の目の前の現象であり、彼の筆致の正確

さはほとんど外科医のようである。(Trachtenberg 一四五)

なぜことさらに「現象」か? それは、クレインの視覚が、たんに見ること以外の、言ってみれば「自然な」条件を排除して成立する視覚のための視覚だからだ。「社会的、道徳的、あるいは審美的な基準によって制約されたものの見方を超えた、しかしそうした見方を否定することによって成立するものの見方」(一四七)だからだ。彼は対象には興味がない。対象を見ることを可能にする条件に興味がある。

彼は奇妙に非社会的な視角から書く。すくなくとも、典型的な中産階級のもののの見方からははきりはなされた視角から書く。……二つの階級がお互いをどのように見るかという徹底的に社会的な問題をハウエルズが見るところに、クレインは、自分の前の情景をどのように表象するかという、技術的な問題を見る。(一四八)

トラクテンバーグの考えでは、クレインはまた読者聴衆と場を共有し、ナラティブを通じて体験を共有する伝統的なストーリーからははるかに離れた場所にいる。彼のスケッチは、共有される場から切断された新聞という回路を走って、情報として受けわたされる。[2]

感覚印象の定着があざやかで、しかし深い意味が感じられない。クレインのテクストのこのような特徴はまた、ただしく印象主義の名でも呼ばれてきた。[3]印象主義にも歴史的な意味がある。自然主義の時代における印象主義の歴史的必然性についてフレドリック・ジェイムソンが語っている。彼はコンラッドについて語っているのだが、コンラッドが、友人のクレインを「ただひとりの印象主義者、だがただの印象主義者」と呼んだことはよく知られたことだし、クレインにもある程度妥当する発言としてここに引くことができるだろう。

市場経済による人間の社会生活の合理化、物象化、断片化によって必然的に与えられる限界のなかで心的能力の分断化の過程が進む。そして、たとえば計量したり、合理的推論をしたりする能力が発展し、高く評価され、感覚的能力が低く見られるなどのように、おのおのの心的能力が相対的に自立する。相対的な自立を遂げる感覚の代表は、視覚である。それは科学の脱感覚化とともに、大量の知覚エネルギーの結集する場所となる。結局（主体と環境が全体として連接する）古い具体的知覚の世界は、計量可能な数と、純粋の色彩のふたつの自律的な領域に分裂する。その実例が「風景画」である。そこでは、「人間のいない自然という、風景画でなければ（あるいはすくなくともそれ以前は）意味を持つことのなかった対象を見ることが、べつだん説明を必要としない行為であるように感じられるようになる。さらにこよなき実例は、印象主義のようなスタイルである。そこでは（芸術家が）構成する自然界という対象にたいして、仕事をしているあいだだけでも多少は興味があるような振りをするということさえ、もうなされない。そこでは、知覚のはたらきと、感覚データの知覚による再構成が、自己目的として提示される」。外的世界への無関心と感覚の自己目的化である（Jameson 二二九–二三〇）。

こうして感覚とそのはたらきが自立する結果、コンラッドは止まらなくなって逸走をくり返す。その道は快楽に通じている。ジェイムソンが言うように消費資本主義とポストモダニズムにも通じている。クレインは、どこかから切りぬいてきたような色彩の名前を意味なくなんにでも貼りつけて顰蹙を買う。そのような相違はあっても、彼らは、けっして無視できないある歴史的意味合いを共有している。

身体と身体の接触がうしなわれること。人間と人間の協働が希薄なこと。その社会的関係は、社会的な関心の希薄さと役割による人格の置換を特徴とすること。ひとつの感覚が他の感覚を圧し、諸感覚を統合するはずの自己の主体性からも自立しようとすること。そうした事態が、クレインのテクスト群のなかでたがいに関連しつつ並行して観察される。そして、印象主義的と言ってもいいし、トラクテンバーグのように現象学的と呼んでもいい描写があらわれる。そこには意味が欠損している。主体が環境から、認識作用が主体から、視覚が認識作用から、それぞれ独立している。主体と環境の相互作用的な交渉が欠損する。

全部が機械的に部分へ解体されるという、これと同質の歴史的な現象が、自然主義の時代のアメリカ小説では、さまざまなテクスト的な現象として、大規模に観察される。ジャック・ロンドンでは身体の諸部分と運動の諸単位の分離が、また前提と脈絡から分離された唐突なプロットの跳躍があらわれる。そこでは手と目が分離しているように前後のエピソードが断絶している。セオドア・ドライサーでは、過去とも未来とも接続しない現在時が、一方で停滞する物語時間として、そして他方で高揚する越境体験の特権的な主題化としてあらわれる。フランク・ノリスではそれは何よりも生活と知覚との部分への病理的な徹底的解体としてあらわれる。そうした過程の一部として見るとき、スティーヴン・クレインという作家におもしろみを見出すことができると思えるのである。

注

（1）モノとコトの違いは、グレゴリー・ベイトソンだったらメッセージとメタメッセージのレベルの違いだと言うであろうものに似ている。だが、彼がレベルの違いと考えるものを、木村は「位相」の違いであるという。「位相」の違いであるのが、この二つが相互に排除的ではない理由だ。この二つがよく混同されるにもかかわらずわれわれは生きているのではなくて、この二つがつねに接触しているからこそわれわれは生きている、と木村は考える。

（2）エイミー・カプランが、クレインの「戦争というスペクタクル」について述べるところもトラクテンバーグに似ている。それは、リアリティーを（高度に媒介された）たんなる見物の対象として提示する。それは、深い意味を持たず、読者を戦争に近づけるのではなく、かえって見物人としての読者を戦争から遠ざける。しかし、カプランは、クレインの戦争の描写が意味を持たないことの意味にはさほどこだわっていない（Kaplan, "Spectacle"）。また、カプランに依拠しながらクレインの描写のスペクタクル性を主題として議論するジョルジオ・マリアーニは、それが戦争の商品化であると言う（Mariani）。そういう側面もあるには違いないが、クレインの場合おもしろいのは、彼の描写が売り物になっているかどうかなどより、ただ見ているという病気がここにあることのほうであるように思われる。それに、クレインの描写は、（コンラッドの場合などと比べて）読者の欲望を喚起することの少ない商品であろう。

（3）押谷善一郎『スティーヴン・クレインの眼』（大阪教育図書　一九九五）は、そのことのもっとも詳細な研究である。

見えないサンフランシスコ
——フランク・ノリスの都市描写について

都市

十九世紀、とりわけその後半に、アメリカは都市住民を多数含んだ国へと急速に変化する。一八二〇年には、人口の五％が住民二万人以上の都市に居住していただけだったが、一九〇〇年には、人口の一〇％近く、六五〇万人が一〇〇万人以上の大都市に、さらにそれに加えて一〇％が一〇万人から一〇〇万人の都市に居住することになっていた。

都市の性格も変化する。南北戦争以前のアメリカの都市は、基本的に、コンパクトな商業都市だった。一八六〇年以前には、住民の一〇％以上が工業労働に従事する都市は五つを数えるのみだった。それ以後の都市の規模拡大は、多機能な産業都市への変化が進んだためだったとされている。このような大規模産業都市では、さまざまな種類の分割、分化が進行する。まず何にもまして深刻だったのは、富による社会全体の階層化である。いちばん上層の一%が富の四分の一を、上層の五%が二分の一を保有している。中産階級であるつぎの三〇%が残った半分を保有し、ほとんど存在しないそのまた残りを人口の三分の二が分けあっている。こうした階層性のありようは、十九世紀を通じてほとんど変化せず、世紀終りの産業化も事態を変えなかった。だが都市化は、経済的階層が社会的階層として表示される方法を変える。住居の場所、顕著な消費、排他的サークルへの所属などが、衣服や挙措振舞いにもまして、社会的階層の記号となっていく。見知らぬもの同士が集う都市では、社会的階層は明瞭に表示されなければ、理解されないからである。

都市の空間も、住居地域、ダウンタウン、工業地域へと分化し、住居地域やダウンタウン自体がまた、住居地域は経済階層やエスニシティーによって階層分化し、ダウンタウンはショッピング、金融、倉庫、軽工業、飲食娯楽、商業売春地域などへと内部分化していく(1)。

これらのいわば垂直と水平の分化と絡み合い、その原因とも結果ともなりつつ、職業の分化やエスニシティーによる分化が目覚ましく進み、時計の均質な時間が勝利して生活時間の時間割りによる整理整頓が進行する(Lears 一〇–一二)。

こうした産業都市の部分への分化に、全体を部分に分解し、つづいて部分の総和としての全体に到達しようとする文学的戦略が対応すると、フレドリック・ジェイムソンは言う。「自然主義の物語は、労働の専門化に対応して、物語の素材を新しく分類する。ゾラは、ルゴン＝マカール叢書の話題を、鉄道、金融、農民、戦争、医学、宗教、都市プロレタリアなどに細分化した」のである。そして、「こうした《解決法》、自然主義的な組織戦略が、じつは問題の一部にすぎないこと」、社会を総体のまま把握できないために部分を組織して総和に到達しようとするこの方法が、それ自身も、社会の全体性を解体する合理化、物象化の過程の一部であることも明らかだ（Jameson 一九〇）。そればかりではない。対象としての都市が分化するから部分の総和として全体を把握しようとする方法が生まれるのか、それとも対象を部分に分解する方法を用いるから対象が部分へと分解して見えるようになるのかも、明瞭ではない。ここにあるのは、おそらく、循環的な過程である。難問を解決しようとする方法自体が難問の一部であり、そのうえ解決のための方法が難問をさらに拡大再生産するとすれば、都市の部分への分化と、それに「全体として」対処しようとしてあみ出される分解／再統合による自然主義文学的な都市把握の方法とは、容易にそこから抜けだしがたい閉鎖系を形成していることになる。

分解と再統合による分類を超えたそれより深い理解が基本的に存在せず、全体理解が分解／再統合による分類と同義であるようなアメリカ自然主義文学の都市とその意味するところを、フランク・ノリスのテクストを中心に検討してみたい。

ポークストリート

ノリスは、サンフランシスコの週刊誌『ウェイヴ』で、一八九六年四月から九八年二月のあいだスタッフ・ライターをつとめ、この時期を中心に数多くの文章をこの雑誌に掲載している。このなかにも、都市をタイプごとの部分に分類しようとする傾向を強くしめすスケッチを、いくつか見いだすことができる。たとえば、九七年一二月二四日の「コスモポリタン・サンフランシスコ」は、サンフランシスコのエスニシティー・ガイドで、読むにたえないというほかない人種偏見に満ちたあからさまなステレオタイピングを、メキシコ系、イタリア系、日系、中国系の住民にたいして行っているし（"Cosmopolitan San Francisco"）、ノリスが書いたと推測される（McElrath 五五、六五）「デル・モンテのカントリークラブ」（九五年八月三一日）や「大都市の騒音」（九七年五月二二日）は、都市生活に伴う騒音を、高音、中音、低音へと、せっせと分解するのに余念がない（"Country Club at Del Monte"; "Metropolitan Noises"）。彼は、『ヴァンドーヴァーと野獣』でも、同じように音の分解を行っているが（*Vandover* 一七〇）、ノリスにおいては枚挙にいとまがないといってもいいこうした機械的な分解の例のうちでも、対象にたいする興味がほぼ消失していて分解作業だけが前景に残り、一見したところほとんど動機が理解できず、もっともふしぎなくだりのひとつは、格子状に引いた線で小さな四角形に分解した部分ごとに、手本の絵を模写する画家の卵ヴァンドーヴァーを描く『ヴァンドーヴァーと野獣』のつぎの挿話ではないだろうか。

彼〔絵画教師〕は、自分で発明した描画のシステムを持っていた。コピーする絵のうえに大きな紙を糊づけし、そこに一インチ四方ほどの四角形ができるように罫線を引く。そうしてできた四角形のうちのひとつを教師が切り取ると、ヴァンドーヴァーは露出した絵の一部分をコピーするのだった。（一〇―一一）

対象を再現表象《リプリゼント》するとき、再現表象作業の単位となる基本の構成要素への分解がまず行われる。つづいてこれらの単位的要素が算術的に総和される。そうした方法は、じつはノリスが都市を描くときにかぎらず用いようとした方法だった。それはこの絵の描き方の例に見るように、ほとんど自己目的化した原理となっているのである。

さまざまな理由からノリスとひと括りにするのにはためらいが感じられるセオドア・ドライサーも、人物のタイプ別分類にけっして不熱心ではない。『シスター・キャリー』のハーストウッドも、『素人労働者』のドライサー本人もともに、生活に窮して職探しをするとき、中産階級ふう、専門職ふうの風采をした自分が、労働者階級の職にふさわしくないタイプに属していると判断されるだろうと怖じ気づく。職を探すドライサーは、通りで目にした店に入って職を求めようと、しばしば意を決する。しかしその場所に近づくにつれて決意が鈍る。だれかに見られていると気がつくとなおさらだ。

ときどき私は、だれか男か若い女が窓のなかとか回りの家のなかからこちらを見ているのに気づくのだったが、そんなときひとりごとが出た。「まいったな。俺が来るのを見ている。こんな種類の仕事をするような人間じゃないと考えている。俺にはその仕事が必要なんだと言っても信じてくれないで、雇ってもらえないだろう……」。(*Amateur Laborer* 一六−一七)

ドライサーの例では、分類の社会的な意味が重要であるように見え、ノリスの例では、分解という機械的行為自体が前景化する。だがいずれのばあいも、既成の分類枠組があってはじめて、分解と分類が可能となっていることに違いはない。

既成の分類枠組に頼って現象が記述されるとき、都市の諸現象の深い意味理解があらかじめ放棄される。都市の現象は、浅い好奇心の対象となる。それはもっぱら印象として定着される。スティーヴン・クレインにとって、都市は好奇心の劇場である。

「男が倒れるとき」は、彼が一八九四年一二月にニューヨーク『プレス』紙に掲載したスケッチである。イーストサイドの通りを男と少年がとぼとぼ歩いている。突然男が倒れる。少年が叫び声をあげる。人々の視線が集まる。


そくざに、あらゆる方向から、人びとの視線がうつぶせになったその姿に向けられた。次の瞬間には、男のまわりに、押し合いへし合い、覗きこもうとする人だかりができた。……彼らの足元には、人波にほとんど呑みこまれそうになって、男が横たわっていた。人びとの姿は、光をほとんどひとしずくも通さないほどで、そのせいでできた影のなかに、男は包みこまれていた。一番前の列にいた連中は、しゃがみこみ、すべてを目にしようと躍起になって、たがいを肩で押しのけあった。("When Man Falls" 六〇〇)

同じ九四年の一〇月に『アリーナ』誌に掲載された「嵐のなかの男たち」は、冬の都市の光景を単純にコピーしようとしている。比喩はもっぱらグラフィックな効果を高めるために用いられる。

その二月の日の午後三時ごろ、雪嵐が起こって雪煙が通りのあちこちで大きな渦を巻きはじめた。雪は屋根から吹きおり舗道から舞いあがって、歩行者たちの顔は無数の針先で突かれたようにヒリヒリと、燃えるように痛んだ。歩道にいる者たちは、縮めた首をコートの襟に埋め、前屈みになって歩いた。老人の群れのようだった。御者たちは、情け容赦なく馬を駆り立てた。高い御者台にいて無防備な彼らの位置のせいで、御者たちはなおさら無慈悲になった。北に向かう軌道馬車が、緩慢に動いている。柔らかく茶色くレールのあいだに降り積もった雪のせいで滑る脚を、馬が踏みこらえようとしている。マフラーで顔を覆って目だけを出した御者が、まるでいかめしい哲学を絵に描いたように、風に向かって直立している。(“Men in the Storm” 577)

アラン・トラクテンバーグが「現場の現象学者」と呼ぶクレインの都市風景の描写は、

すくなくとも一見したところ、あまり深い意味を感じさせない(2)。これはノリスにもかなりの程度まで当てはまることだ。そこにも、深い意味を持たない、これに類似した都市描写の氾濫を見ることができる。

マクティーグが、「デンタル・パーラー」の窓から見おろすポークストリートは、「西部に特有な、表通りからすこしそれた通り」で、「住宅街の真ん中にあるのに小さな商人たちが住んでいる」。ドラッグストアがあり文房具店があり床屋があり安食堂があり市場がある。一日が進行していくのにつれて、まず日給仕事の労働者、職人たちが、つづいて家に帰ろうとしている夜勤の店員やケーブルカーの従業員があらわれる。市場に農作物を届ける中国人の農民もいる。一階にある郵便局からインクのにおいが立ちのぼり、ケーブルカーの騒音が侵入してくるデンタル・パーラーからなおも見おろしていると、やがて商店の従業員がすこし気取った服装であらわれ、そのあとで彼らの雇い主やホワイトカラーの勤め人がやってくる。学校に通う子どもたちがあらわれる。「一ブロック離れた立派な大通りのご婦人たち」もあらわれる。一部分を引用してみることにする。

七時と八時のあいだに、通りは朝食を迎えた。安食堂のひとつから、ときおり給仕があらわれて、ナプキンで覆われた盆を片方の手で掲げ、歩道から歩道へと通りを横切った。コーヒーとステーキの焼ける匂いがいっぱいだった。それからしばらくたつと、日給仕事の労働者のあとに、事務員や女の店員たちがやってきた。安っぽいがこぎれいな身なりをしていて、いつもせわしなく、パワーハウスの時計を心配そうに見あげている。それから一時間ほどすると、彼らを雇っている側のひとびとが姿をあらわした。たいがいはケーブルカーでやってくる。巨大な腹を突きだして頬髭をたくわえた紳士たちで、たいそう深刻そうに朝刊を読んでいる……。（*McTeague* 二六六－六七）

ここでは、職業、経済階層、エスニシティー、服装などの社会的分類枠組、お屋敷町、住宅街、商店街という空間的枠組、視覚、嗅覚、聴覚の感覚枠組、さらに時間割という時刻の枠組による全体の部分への分解が行われている。そしてそれとともに、そうした部分相互の再統合が同時に進行していることも注目に値する。再統合はふたつのレベルで観察される。第一に、職業と経済階層、職業とエスニシティー、職業と住居地域、職業と時間割りなどは、おたがいがおたがいの記号となって、密接に結合する。いったん分解されて部分となったサンフランシスコの社会を統合する象徴として、異種の空間を縫ってケーブルカーが走り、郵便局は日曜だというのに店を開き、勤め人たちに道を急がせるパワーハウスの時計がすべてを俯瞰し、威圧し、制御している。いったん分解された部分をもう一度結合しようとする社会的、空間的、時間的な機能が書きとめられる。しかしそれよりさらに注目すべきことは、第二に、分解のはたらきが同時に全レベルで、人間の種類、住居地域の種類、感覚の種類、時刻の種類という異なった範疇を縦断する全レベルで、進行していて、そのため再統合のはたらきをはたしているということだ。分解への志向が、すでに顕著な全体化の志向の一部だということだ。

社会、地理、感覚、時間。どうもあまり関係のない各種のレベルで、いっせいに機械的な分解と再組み立てが進行する。その統合の努力はトータルであり、トータルであることによってますます機械的である。ポークストリートのすべては、全体ではなく積み重ねられた全部にとどまる。ノリスの描く都市は、分類と網羅の作業の結果としてあらわれてきた印象をまぬかれない。

同じ時期の都市を対象にしたリアリスト的な作家の描写との比較を行うなら、ノリスやクレインの描写が、せいぜい好奇心や分類といった浅い関心をしか感じさせず、意味の深い解釈を要求しないように見えることはさらに明瞭となる。

リアリスト的作家の都市描写は、表層では自然主義作家の都市描写と類似している。しかしそこでは、描写はなにかもうすこし深い心理的意味内容を表示しようとする。ピーター・ブルックスの議論を借りるなら、メロドラマ的リアリズムの文法の骨子はつぎのとおりである。

内容においてそれは、善玉的な道徳善の探求者のメロドラマである。そこでは、姦通や裏切りや嫉妬といった、あくまでも世俗的でしかない葛藤が、けっして超越的ではないがたしかに抽象性を帯びた道徳善と道徳悪の、黒白の明瞭な対決のドラマへと高揚させられる。善玉の最終的な道徳的勝利が望ましい。

これにともなって描写の持つ機能も決定される。高揚したこの道徳のメロドラマのテクストの表層は、複雑な描写によって成立していることが少なくない。だがこの表層は、意味解釈によって、黒白の明瞭な倫理的、心理的、道徳的内容へと、徐々に、連続的に変容させられる。だからそれは、多様な解釈を受けつける柔らかい表層である（Brooks）。

試みに、ヘンリー・ジェイムズから、ほとんど任意に引用してみる。

彼を迎えた女主人、あの女人《ひと》は、ベルシャッス通りの古い館の二階に居を定めていて、われわれの訪問者はそこへ、古い清潔な中庭を通って近づいていったのだった。大きくて空の広いその中庭は、われわれの友人に、人目につかない生活の習慣、間遠にしか訪問客のない生活の平穏、そして通りから徐々に近づいていかなければならない住いの持つ威厳を、あますところなく教えてくれたのだった。その館は、過ぎた日の高尚で飾り気のない様式でできていて、彼がいつも探しもとめていて、ときにはすぐそこにあると感じられ、またあるときはひどく痛切にその不在が惜しまれる古い日のパリが、そこ—磨きたてられた幅広い階段の手すりの時を知らぬつや、みごとな鏡板《ボアズリー》、丸い額縁の肖像画、天井蛇腹、鏡、そして彼が招じいれられた灰色味のかかった白い客間の広大で透明な空間のなか—にはあると、彼の騒ぐ心は感じた。(James 一四五)

「古い清潔な中庭」は「人目につかない生活の習慣、間遠にしか訪問客のない生活の平穏、そして通りから徐々に近づいていかなければならない住いの持つ威厳」のように、やや抽象度の高い、想像される事態へと変換され、「磨きたてられた幅広い階段の手すり」や「みごとな、丸い額縁の肖像画、天井蛇腹、鏡、……灰色味のかかった白い客間の広大で透明な空間」は、不在(「あるときはひどく痛切にその不在が惜しまれる」)であるだけにいっそう強く希求される探求の目標、「古い日のパリ」へと読みかえられる。

これと比較するとき、既成の分類枠組に依拠した自然主義作家たちの都市表層の分類と再統合が、分類によって理解が完結し、それ以上の意味解釈を拒む、浅くて固い表層描写を産出していることはきわだって見える。

たとえば土曜日の夜のホワイロンビルの町である。店々のガス灯のオレンジ色の光と電気で輝く街路灯の青い光が溢れるメインストリートを、黒人のヘンリー・ジョンソンがめかしこんでやってくる。クレインの『モンスター』のなかの一情景である。ライフスナイダーの理髪店から出てこようとしていた弁護士のグリスコムが、あの"coon"を見ろよ、と店のなかにむかって言う。理髪店のなかの連中の顔がいっせいに窓に向けられる。

ライフスナイダーの店の黄色い光のなかからガラス越しに外を見ると、通りの電気の輝きのせいで、水のなかを見ているようだった。外にいる人たちは巨大な水族館の住民で、ちょうどこの場所に四角いガラス板がはめ込まれているみたいだった。やがてこの枠のなかに、ヘンリー・ジョンソンの優美な姿が泳ぐように入ってきた。(*Monster* 三九六)。

自然主義文学の都市景観とそこにうごめくひとびとの描写を、窓枠のなかに分類済みの対象がつぎつぎに現れてくる様子にたとえることができる。そしてその窓枠のなかでは、マクティーグのような大男は、"slow-witted"であり、没落前のヴァンドーヴァーのようないい子はヴァンドーヴァーのようないい子であり、フロッシーのような売春婦はフロッシーのような売春婦と決定されている。

分類格子

だが、この分類と再統合、その結果あらわれる都市の日常こそが問題をはらんでいるのだ。

下層中産階級や労働者階級の非英雄的でありふれた人々の生活を主題としていて、その点ではリアリズムと変わらないのに、その主題のなかに異常な人間の性質や事態の成り行きを発見してしまうところから、自然主義に不可欠の緊張が生ずると、ドナルド・パイザーは言う。ポークストリートの生活は、パイザー的なジャンル論によると「リアリズム」の規定に対応している。それは、ありふれていて、規則的で、反復的である。このありふれた日常生活の下に、異常なものが伏流しているというのが、パイザーの言う自然主義の特徴である(Pizer, *Realism and Naturalism* 九―三〇)。

この考えかたは、たとえばノリスがありふれていると考えているらしい日常生活とその描写とを、みずからもありふれたものとして無批判に前提とし、それを疑問視していない点、致命的に退屈である。

これに比較してはるかに刺激的だと思えるのは、エイミー・カプランのつぎのような考えかたである。彼女によれば、一見なんの問題もはらんでいないように見えるリアリスト／ナチュラリスト的な空間表象、濃密な細部描写は、「中産階級の生活の核心に侵入しつつあった非現実感」の関数である。それは、非現実感から生まれている。つまり、一方で非現実感と戦い、揺るぎのない表象によってそれを押さえこもうとしている。危機をなんとかやり過ごそうとする管理の努力の現れである。そして同時に他方で、非現実感の存在を明瞭に物語っている。それはパニックの表現である(Kaplan, *Social Construction* 一―一四)。自然主義文学が描く機械的で規則的な日常生活を、書き手たち、とりわけノリスは、ありふれていて普通のものであってほしいと願っていたかもしれない。だが、それは普遍的に普通であるわけではない。それはどこかから生みだされている。

この見解に同行するとき、リアリティーとその表象、日常生活とその描写こそが問題化する。そうして問題化するリアリティーの表象、とりわけ都市の描写の原理が持つはたらきを、ノリスについて検証したい。

ノリスのばあい、トータルな把握を寄せつけない都市をとらえるための一定の方法である分解と再統合による描写原理は、まず第一に、ジャクソン・リアーズの言う「問題回避のための常套的思考（evasive banality）」（Lears 七―二六）、すなわち世紀転換期の文化的社会的危機をなんとかやりくりしながら管理するための公式イデオロギーと、その性質や機能を共有している。それは、均質化し、硬直し、神秘を欠き、本質的に新しいことの起こりえない世界を前提とし、またそうした世界の像を強化しようとしてそれを提示する。

こうしたイデオロギー的前提をノリスが多分に保有していることは、たとえば因習的で抑圧的な性差観、露骨そのものの人種差別意識などに明らかだが、それをプロットやキャラクターの構造の水準でも確認することができる。『マクティーグ』のトリナ・マクティーグは、経済合理主義の通常の原則であろう時間管理と、それにもまして経済管理を、オブセッションとして内面化している（三九九―四〇〇）。マーカス・スクーラは、ポークストリートに電気が来た、こんないいことがまたとあろうかという風情の、のんきな進歩観の持ち主だし（四〇三）、『ヴァンドーヴァー』ではヴァンドーヴァーの父が、人格的自立と体面の管理を執拗に要求しつづけてやまない（八二―八三）。彼らがほとんど戯画的に体現するこうした中産階級ふう思想的モチーフ群は、明るいといえば明るい。そして、ノリスはそれらを素直に受けいれたがっている。すくなくともそこからの脱落を恐怖している。ここでノリスは、文明という名の文化の牢獄に幽閉されている。彼の用いる思想的モチーフ群、情景描写のための分類格子群は、そのまま文化的幽閉を象徴する牢獄の鉄格子である。したがってこのとき、これらの思想的モチーフ群、情景描写のための分類格子群は、都合の悪いもの―それは必ずしもカプランが強調する中産階級にとっての階級的他者とはかぎらないと私は考えるが―を見ないですますための遮蔽幕の役割を演じている。そのとき、見知らぬもの、あまりにも有名な自然主義的な「異常」は、パニックの対象である。

だが、その一方で第二に、この分類格子の彼方、自然主義的な異常は、たとえば「文明」が「野蛮」を見る見かたがそうであるように、現状の裏返しとして構成され他者に押しつけられる観念の例である。異常は、尋常から生みだされており、尋常と切ってもきれない密接な一対の関係にある。そして、そのような観念一般の例にもれず、見知らぬもの、自然主義的な異常への、公式イデオロギーの態度は、過度の恐怖および侮蔑と同時に過度の理想化の性質もあわせ持っている。そこには憧憬が潜んでいる。この憧憬は、終わってしまった祭の残像への郷愁に似ている。それは、文化的牢獄に幽閉されていることを強く前提とした脱走への願望である。尋常と異常のふたつの原理のこうした関係も、ノリスの小説では、キャラクター／プロット構造の水準で劇的に実現する。硬直した尋常性の部類に属するトリナの合理主義は、明らかな異常に属する非合理な吝嗇に、とどこおりなく滑らかに連続する。ポークストリートに電気が来たとき「水を得た魚」のように活躍し、怠け者でのんびり屋のマクティーグを良導しようとしていじめにかかる抑圧的な出世主義／進歩主義者のマーカスは、異常の原理を体現したマクティーグと正反対の極にいる。だが、ふたつの原理が切ってもきれない関係にあること、ふたつの原理は相互依存的な閉鎖系をなしていて、そこからの垂直の脱出、死の谷の彼方への旅は、切望されつつも不可能であることは、手錠でつながれたまま砂漠で合体死する分身たち、マクティーグとマーカスによって、病的に鮮明に実演される。

牢獄

浅くて固いノリスの都市描写の原理は、ノリスたちアメリカ自然主義文学の書き手を幽閉する監視厳しき文化的牢獄の格子群にほかならない。この抽象的原理は、じっさい窓枠や格子となってそこここに、ライフスナイダーの理髪店の窓に、ヴァンドーヴァーの通う絵画教室に、マクティーグがポークストリートを見おろす窓に、具現化する。またそれは、格子の彼方の自然主義的異常を恐怖し、隠蔽し、遮蔽しようとしている。そしてそれとまったく同時に、これらの格子群が硬直し、太く鮮明であればあるほど、その外部への旅も切望されつづける。ただしその旅は、ほぼ不可能な旅である。旅への夢想は、文化牢獄の内部で生みだされている。

しかしながら、それが自然主義の物語のすべてではない。自然主義を幽閉する牢獄の格子は、ごくまれな瞬間に融解し、消滅しようとする。異常に尋常な自然主義の分類格子は、ときに尋常とも異常とも名づけることのできない何かに触れる。自然主義は、分解と分類によっては、正常なものとしてはもちろん異常なものとしても可視化しえない他者にふれる

それはたとえば、ノリスのサンフランシスコにあらわれる。「コスモポリタン・サ

ンフランシスコ」のノリスは、人種的ステレオタイピング三昧とでもいうべきサンフランシスコのエスニック・グループの分類にふけったあと、もっともあらわな軽蔑の対象とする中国人を視覚のなかにとらえることができない。ノリスには中国人が見えない。中国人にはノリスが見えない。探訪記者ノリスは、トータルな他者である中国人と遭遇する。

フランスやドイツのじゅうぶんな田舎を訪れたなら、我慢できないほどの好奇の目にさらされるだろう、犬さえひっきりなしに吠えたてるだろう。でもサンフランシスコのチャイナタウンの中国人は違う、とノリスは言う。

もっとも劣悪な地区、奴隷女が住まわされている地区、広東人が住む地区、チャイナタウンがいちばん中国ふうである地区に、下降していってみよう。沈黙し、足をひきずって歩く何百人という中国人のなかに、こちらに視線を向けるものはだれひとりとしていない。道をよけようとする者さえほとんどいない。彼らの店に、彼らの喫茶店に、食堂に、クラブに、寺院に、それどころかほとんど彼らの居間にさえ、入りこむことができる。その何千という、切れたように釣り上がった目の前には、私は存在さえしないに等しいのだ。("Cosmopolitan San Francisco"

三六四―六五)

フランスやドイツの田舎の人たちは、好奇心からくる分類による理解をこころみるだろう。ちょうどノリスがサンフランシスコのエスニック・グループを分類しようとするように。だが、チャイナタウンの中国人は、そんな理解を許さない。いや、ノリスの所有する分類原理が、他者の可視化をはばんでいる。ノリスの人種偏見があきらかに幻想の領域に属しているのと同様に、硬直した分類／再統合の描写枠組一般が幻想性の産物であることが、ここで露呈される。

やはり『ウェイブ』に書かれた「崖の住民たち」では、人種混合によって生まれる、新しい、タイプ分けのできない人種への恐れが語られる。だがかすかに憧憬の色をにじませたこの恐怖は、もはや恐怖の対象を視界のなかにとらえることができない。

モンゴル人種とアフリカ人種がひとつに融合したところを想像してほしい。鼻は低くなるはずだが、目はアーモンドみたいになるにちがいない。厚い唇だが高い頬骨。だが、髪はどうなるのだろう。短くて縮れるのだろうか、それとも長くまっすぐなのだろうか。ただウェーブがかかっただけだろうか。しかしこの人間の考え、この人間の嗜好、偏見、ものごとの捉えかた、思想は、いったいどうなるのだろう。何という混乱、何という不定形な、形のない靄！（"Among Cliff Dwellers" 二五二）

こうして、街区と時間割りと職業集団とエスニック・グループと、何より窓枠に区切られ、整然として単調な自然主義の都市に、ときおり、だが究極的に出現するのは、靄である。それは、文明と名づけられたある種の文化が、あくまでもある種の文化でしかないことを、その文化にあまりにも強く幽閉されているがゆえに、自然主義が露呈するからである。自然主義が剥きだしにするのは、自然ではなくて文明の姿である。

ノリスの都市景観の描写は、できあいの文法に忠実にしたがったごく無反省なもののように見える。しかしその裏側にはつねにパニックが張りついている。彼を幽閉する文化の牢獄は、ヴァンドーヴァーの眺める煙突の煙のように、いつでも消えさる用意のできたイリュージョンであることを、彼はどこかで、だがはっきりと知っている。

星がひとつふたつ出ていた。その弱々しい灰色の光のおかげで、眼下に連なる屋根がずっと遠くまで伸びていってやがてテレグラフ・ヒルが急に立ちあがるところで尽きるのを、彼は見ることができた。それほど遠くないところで、細い、やさしい姿の煙突が、休まず煙を上げている。煙突は、ひっきりなしに小さな白い蒸気の雲を吐きだしていて、雲は元気よく陽気に空に昇っていくが、やがて気に迷いを生じたように小さくなり、勇気をくじかれ、意気阻喪して、悲しげに夜の空のしたに消えていく。外の世界にひと触れしただけで消滅してしまう幻想のようだった。（*Vandover* 二二六）

注

（1）Henretta 五四九－七一。

（2）Trachtenberg 一四八。ここまでの事情は、ジャーナリズムの性格とも関連している。第一に、それは"human interest"（トラクテンバーグ）を売り物にする「浅い」関心にふさわしい。第二に、分解と再統合という合理化された分類による都市環境の再表現の方法は、この時期の大量出版ジャーナリズムの編集、販売システムと並行している。Wilson を参照。

引用文献

Åhnebrink, Lars. *The Beginnings of Naturalism in American Fiction.* Cambridge, MA: Harvard UP, 1950.

Ammons, Elizabeth. *Conflicting Stories: American Women Writers at the Turn into the Twentieth Century.* New York: Oxford UP, 1992.

Banta, Martha. *Taylored Lives: Narrative Production in the Age of Taylor, Veblen, and Ford.* Chicago: U of Chicago P, 1993.

Bateson, Gregory. *Steps to an Ecology of Mind.* New York: Ballantine, 1972. 〔『精神の生態学』佐藤良明訳 思索社 一九九〇〕

Benfey, Christopher. *The Double Life of Stephen Crane: A Biography.* New York: Knopf, 1992.

Boone, Joseph Allen. *Tradition Counter Tradition: Love and the Form of Fiction.* Chicago: U of Chicago P, 1987.

Boorstin, Daniel. *Hidden History: Exploring Our Secret Past.* New York: Harper, 1987.

Brooks, Peter. *The Melodramatic Imagination: Balzac, Henry James, Melodrama, and the Mode of Excess.* New Haven: Yale UP, 1976.

Clemens, Samuel Langhorne. *A Connecticut Yankee in King Arthur's Court.* 1889. New York: Norton, 1982.

Conn, Peter. *The Divided Mind: Ideology and Imagination in America, 1898-1917.* Cambridge: Cambridge UP, 1983.

Crane, Stephen. "The Blue Hotel." 1898. *Stephen Crane: Prose and Poetry.* Ed. J. C. Levenson. New York: Library of America, 1984. 799-828.〔「青いホテル」西田実訳『赤い武功章他三編』岩波文庫 一九七四〕

——. "The Bride Comes to Yellow Sky." 1898. *Stephen Crane.* 787-98.〔「花嫁イエロースカイに来る」『赤い武功章他三編』〕

——. "The Men in the Storm." 1894. *Stephen Crane.* 577-83.

——. *The Monster.* 1899. *Stephen Crane.* 389-448.

——. "The Open Boat." 1898. *Stephen Crane.* 885-909.〔「オープン・ボート」『赤い武功章他三編』〕

——. *The Red Badge of Courage: An Epic of the American Civil War.* 1895.

Stephen Crane. 79-212. 〔「赤い武功章」『赤い武功章他三編』〕

——. "Stephen Crane's Own Story." 1897. *Stephen Crane.* 875-84.

——. "When Man Falls, a Crowd Gathers." 1894. *Stephen Crane.* 600-4.

Dick, Philip K. "Adjustment Team." *Orbit Science Fiction.* Sept-Oct 1954. Rpt. in *Second Variety.* London: Grafton, 1990. Vol. 2 of *The Collected Stories of Philip K. Dick.* 5 vols. 1990-91. 343-67.

——. "Autofac." *Galaxy.* Nov 1955. Rpt. in *The Days of Perky Pat.* London: Grafton, 1991. Vol. 4 of *The Collected Stories of Philip K. Dick.* 11-36. 〔「自動工場」大瀧啓裕訳 『ザ・ベスト・オブ・P・K・ディックII』サンリオ 一九八三〕

——. Notes. *The Days of Perky Pat.* By Dick. 487-94.

——. *The Divine Invasion.* 1981. New York: Vintage, 1991. 〔『聖なる侵入』大瀧啓裕訳 サンリオ 一九八三〕

——. *Flow My Tears, the Policeman Said.* 1974. London: Granada, 1976. 〔『流れよ我が涙、と警官は言った』友枝康子訳 サンリオ 一九八一〕

——. "The Little Black Box." *Worlds of Tomorrow.* Aug 1964. Rpt. in *We Can*

Remember It for You Wholesale. London: Grafton, 1991. Vol. 5 of *The Collected Stories of Philip K. Dick.* 13-39.〔「小さな黒い箱」浅倉久志訳『ザ・ベスト・オブ・P・K・ディックⅢ』サンリオ 一九八四〕

———. *The Penultimate Truth.* 1964. London: Grafton, 1973.〔『最後から二番目の真実』山崎義大訳 サンリオ 一九八四〕

———. "Small Town." *Amazing.* May 1954. Rpt. in *Second Variety.* 429-44.〔「小さな町」小川隆訳『ザ・ベスト・オブ・P・K・ディックⅣ』サンリオ 一九八五〕

———. *The Three Stigmata of Palmer Eldritch.* 1965. London: Granada, 1978.〔『パーマー・エルドリッチの三つの聖痕』浅倉久志訳 早川書房 一九八四〕

———. *Time Out of Joint.* 1959. London: Penguin, 1969.〔『時は乱れて』山田和子訳 サンリオ 一九八七〕

———. *Ubik.* 1969. London: Granada, 1973.〔『ユービック』浅倉久志訳 早川書房 一九七八〕

———. "The Unconstructed M." *Science Fiction Stories.* Jan 1957. Rpt. in *The Days of Perky Pat.* 159-97.〔「融通のきかない機械」剛田武訳『ザ・ベスト・オブ・

P・K・ディックⅢ』〕
———. "The War with the Fnools." *Galactic Outpost.* Spring 1964. Rpt. in *We Can Remember It for You Wholesale.* 40-53.〔「フヌールとの戦い」友枝康子訳『ザ・ベスト・オブ・P・K・ディックⅣ』〕
———. Notes. *We Can Remember It for You Wholesale.* By Dick. 485-95.
Dreiser, Theodore. *An Amateur Laborer.* Ed. Richard W. Dowell. Philadelphia: U of Pennsylvania P, 1983.
———. *Jennie Gerhardt.* 1911. New York: Schocken, 1982.
———. *Sister Carrie.* 1900. New York: Norton, 1970.〔『シスター・キャリー（上・下）』村山淳彦訳　岩波文庫　一九九七〕
Elliott, Emory, ed. *Columbia Literary History of the United States.* New York: Columbia UP, 1988.
Fish, Stanley. *Doing What Comes Naturally: Change, Rhetoric, and the Practice of Theory in Literary and Legal Studies.* Oxford: Oxford UP, 1989.
Fisher, Philip. *Hard Facts: Setting and Form in the American Novel.* New York: Oxford UP, 1985.

———. "Mark Twain." Elliot 627-44.

Freeman, Mary E. Wilkins. "An Honest Soul." *Selected Stories of Mary E. Wilkins Freeman.* Ed. Marjorie Pryse. New York: Norton, 1983. 13-26.

———. "Two Old Lovers." *Selected Stories of Mary E. Wilkins Freeman.* 1-12.

———. "A Patient Waiter." *Selected Stories of Mary E. Wilkins Freeman.* 90-105.

Fried, Michael. *Realism, Writing, Disfiguration: On Thomas Eakins and Stephen Crane.* Chicago: U of Chicago P, 1987.

Giedion, Siegfried. *Mechanization Takes Command: A Contribution to Anonymous History.* 1948. New York: Norton, 1969.

Graff, Gerald. "Co-optation." *The New Historicism.* Ed. H. Aram Veeser. New York: Routledge, 1989. 168-81.

Hamon, Philippe. *Expositions: Literature and Architecture in Nineteenth-Century France.* Trans. Katia Sainson-Frank and Lisa Maguire. Berkeley: U of California P, 1992.

Hart, James D. Introduction. *A Novelist in the Making.* By Frank Norris. 1-53.

Henretta, James A., et al., eds. *America's History.* Chicago: Dorsey, 1987.

Hofstadter, Douglas R. and Daniel C. Dennett. *The Mind's I: Fantasies and Reflections on Self and Soul.* Toronto: Basic, 1981.

Hofstadter, Richard. *The Age of Reform: From Bryan to F.D.R.* New York: Vintage, 1955.

Howard, June. *Form and History in American Literary Naturalism.* Chapel Hill: U of North Calorina P, 1985.

James, Henry. *The Ambassadors.* 1903. New York: Norton, 1964.

Jameson, Fredric. *The Political Unconscious: Narratvie as a Socially Symbolic Act.* Ithaca: Cornell UP, 1981.

Jewett, Sarah Orne. *The Country of the Pointed Firs and Other Stories.* Ed. Mary Ellen Chase. New York: Norton, 1982.

———. *Deephaven. Sarah Orne Jewett: Novels and Stories.* Ed. Michael Davitt Bell. New York: Library of America, 1994. 1-141.

———. "Martha's Lady." *The Country of the Pointed Firs and Other Stories.* 255-77.

Kaplan, Amy. "Nation, Region, and Empire." *The Columbia Literary History of the American Novel.* Ed. Emory Elliot. New York: Columbia UP, 1991. 240-66.

———. *The Social Construction of American Realism.* Chicago: U of Chicago P, 1988.

———. "The Spectacle of War in Crane's Revision of History." *New Essays on The Red Badge of Courage.* Ed. Lee Clark Mitchell. Cambridge: Cambridge UP, 1986.

Kenner, Hugh. *The Counterfeiters: An Historical Comedy.* 1968. Baltimore: Johns Hopkins UP, 1985.

Lears, Jackson T. *No Place of Grace: Antimodernism and the Transformation of American Culture, 1880-1920.* New York: Pantheon, 1981.

Lingeman, Richard. *Theodore Dreiser: At the Gate of the City, 1871-1907.* New York: Putnam's, 1986.

London, Jack. "The Apostate." 1906. *Short Stories of Jack London.* Ed. Earle Labor, Robert C. Leitz III, and I. Milo Shepard. New York: Collier Books, 1991. 233-49.

———. *The Iron Heel.* 1908. *Jack London: Novels and Social Writings.* Ed. Donald Pizer. New York: Library of America, 1982. 315-553.

——. "Love of Life." 1905. *Short Stories of Jack London.* 169-85. 〔「生命にしがみついて」辻井栄滋・大矢健訳『極北の地にて』新樹社 一九九六〕

——. *Martin Eden.* 1909. *Jack London: Novels and Social Writings.* 555-931.

——. "The One Thousand Dozen." *Short Stories of Jack London.* 97-111. 〔「千ダース」『極北の地にて』〕

——. *The Sea-Wolf.* 1904. *The Sea-Wolf and Other Stories.* Harmondsworth: Penguin, 1989. 15-274.

——. "South of the Slot." 1909. *Short Stories of Jack London.* 417-30.

——. "To Build a Fire." 1908. *Short Stories of Jack London.* 282-95. 〔「焚き火」『極北の地にて』〕

——. *War of the Classes.* 1905. Upper Saddle River: Literature House, 1970.

——. *White Fang.* 1906. *The Call of the Wild, White Fang, and Other Stories.* Oxford: Oxford UP, 1990. 89-291.

——. "The White Silence." 1899. *Short Stories of Jack London.* 8-16.

Macey, Samuel L. *The Dynamics of Progress: Time, Method, and Measure.* Athens: U of Georgia P, 1989.

Mariani, Giorgio. *Spectacular Narratives: Representations of Class and War in Stephen Crane and the American 1890s.* New York: Peter Lang, 1992.

Michaels, Walter Benn. "An American Tragedy, or the Promise of American Life." *Representations.* 25 (1989): 71-98.

———. *The Gold Standard and the Logic of Naturalism: American Literature at the Turn of the Century.* Berkeley: U of California P, 1987.

Mitchell, Lee Clark. *Determined Fictions: American Literary Naturalism.* New York: Columbia UP, 1989.

Norris, Frank. "Among Cliff Dwellers: A Peculiar Mixture of Races from the Four Corners of the Earth." 1897. *The Works of Frank Norris.* Ed. Kenji Inoue. Vol. 11. Tokyo: Meicho Fukyu Kai, 1983-84. 251-54. 12 vols.

———. *Blix.* 1899. *A Novelist in the Making: A Collection of Student Themes and the Novels;* Blix *and* Vandover and the Brute. Ed. James D. Hart. Cambridge, MA: Harvard UP, 1970. 103-278.

———. "Cosmopolitan San Francisco: The Remarkable Confusion of Races in the City's 'Quarter.'" 1897. *Works of Frank Norris.* 360-65.

———. “The Country Club at Del Monte: Impressions of an Observer.” 1895. *Works of Frank Norris*. 19-25.

———. *McTeague: A Story of San Francisco*. 1899. *Frank Norris: Novels and Essays*. Ed. Donald Pizer. New York: Library of America, 1986. 261-572.

———. “The Mechanics of Fiction.” 1901. *Frank Norris: Novels and Essays*. 1161-64.

———. “Metropolitan Noises: The Gamut of Sounds Which Harass the Ears of San Franciscans.” 1897. *Works of Frank Norris*. 254-58.

———. *Moran of the* Lady Letty. 1897. Upper Saddle River: Literature House, 1970.

———. *The Octopus: A Story of California*. 1901. *Frank Norris: Novels and Essays*. 573-1098.

———. “A Plea for Romantic Fiction.” 1901. *Frank Norris: Novels and Essays*. 1165-69.

———. *Vandover and the Brute*. 1914. *Frank Norris: Novels and Essays*. 1-260.

Nye, David E. *Electrifying America: Social Meanings of a New Technology*.

Cambridge, MA: MIT P, 1990.

Painter, Nell Irvin. *Standing at Armageddon: The United States, 1877-1919.* New York: Norton, 1987.

Pizer, Donald. "The Chronology of Sister Carrie." *Sister Carrie.* By Theodore Dreiser. Ed. Donald Pizer. New York: Norton, 1970. 588-89.

———. *Realism and Naturalism in Nineteenth-Century American Literature.* Carbondale: Southern Illiois UP, 1984.

Rodgers, Daniel T. *The Work Ethic in Industrial America, 1850-1920.* 1974. Chicago: U of Chicago P, 1978.

Schlereth, Thomas J. *Victorian America: Transformations in Everyday Life, 1876-1915.* New York: HarperCollins, 1991.

Seltzer, Mark. *Bodies and Machines.* New York: Routledge, 1992.

———. "Statistical Persons." *Diacritics.* 17.3 (1987): 82-98.

Smiles, Samuel. *Thrift.* 1875. New York: Harper and Brothers, n.d.

Sundquist, Eric. "Realism and Regionanlism." Elliot 501-24.

Taylor, Frederick Winslow. *Scientific Management; Comprising Shop Management,*

The Principles of Scientific Management, Testimony Before the Special House Committee. 1911. New York: Harper and Brothers, 1947.

Thomas, Brook. Rev. of *The Gold Standard and the Logic of Naturalism: American Literature at the Turn of the Century* by Walter Benn Michaels. *American Literature* 60 (1988): 301-03.

Tichi, Cecelia. “Women Writers and the New Woman.” Elliot 589-606.

Trachtenberg, Alan. “Experiments in Another Country: Stephen Crane’s City Sketches.” *American Realism: New Essays*. Ed. Eric Sundquist. Baltimore: Johns Hopkins UP, 1982.

Warren, Robert Penn. *Homage to Theodore Dreiser: On the Centennial of His Birth*. New York: Random, 1971.

Wilson, Christopher P. “The Rhetoric of Consumption: Mass-Market Magazines and the Demise of the Gentle Reader, 1880-1920.” *Culture of Consumption: Critical Essays in American History, 1880-1920*. Ed. Richard Wightman Fox and T. J. Jackson Lears. New York: Pantheon Books, 1983. 39-64.

Wingrove, David. “Understanding the Grasshopper: Leitmotifs and the Moral

Dilemma in the Novels of Philip K. Dick." *Foundation* 26 (1982): 21-40.
Zagarell, Sandra A. "Country's Portrayal of Community and the Exclusion of Difference." *New Essays on* The Country of the Pointed Firs. Ed. June Howard. Cambridge: Cambridge UP, 1994. 39-60.
Zola, Émile. *The Experimental Novel and Other Essays*. Trans. Belle M. Sherman. New York: Haskell House, 1964.

大井浩二『アメリカ自然主義文学論』研究社　一九七三。

押谷善一郎『スティーヴン・クレインの眼』大阪教育図書　一九九五。

オマリー、マイケル『時計と人間—アメリカの時間の歴史』高島平吾訳　晶文社　一九九四。

木村敏『心の病理を考える』岩波新書　一九九四。

ゾラ、エミール『テレーズ・ラカン（上・下）』小林正訳　岩波文庫　一九六六。

丹治愛『神を殺した男—ダーウィン革命と世紀末』講談社選書メチエ　一九九四。

デカルト『方法序説』落合太郎訳　岩波文庫　一九五三。

ブアスティン、ダニエル・J・『技術社会の未来—予測不能の時代に向けて』伊東俊

太郎訳　サイマル出版会　一九八六。

丸山真男『日本の思想』岩波新書　一九六一。

真木悠介『時間の比較社会学』岩波書店　一九八一。

見田宗介『宮沢賢治―存在の祭りの中へ』岩波書店　一九九一。

巽孝之「チープなギャグにしてくれ―グリマング二部作を読むために」『ユリイカ』二三巻一号（一九九一）：七〇―七九。

あとがき

この本の主役のひとりであるヴァンドーヴァーは、自分の人生の過去をまったく秩序だてて記憶していない。私は、ヴァンドーヴァーとはちがって、この本がまとまるにいたった道筋を連続した風景として思い出す。

文字でいっぱいになった黒板の前でアメリカ文学史を精力的に講ずる大橋健三郎先生の姿を鮮明に思い出す。どの作家、どの作品の紹介もみな印象深かったなかで、フランク・ノリスの『マクティーグ』のプロットに強く心をひかれ、ぜひ読もうと思ったのをおぼえている。

ノリスや『マクティーグ』という名前を教えていただいたばかりではない。近代的なものと近代的ならざるもの、頭《ヘッド》と心《ハート》の対立と葛藤と相克、そしてそこに両面価値《アンビヴァレンス》を見出すわれわれ、という大橋先生の基本の問題関心に共鳴しつつ、私も自分なりに考えようとしてきた。私の思考のつたなさにかかわらず、この本の主題がそこにあることは、私にかんしては間違いがない。

アメリカ文学を専攻することになり、文字どおりの畏友富山太佳夫さんのおかげで、敬愛するジョナサン・カラーの『ディコンストラクション』を彼と共訳することができた。なかに、ウォルター・ベン・マイケルズというはじめて聞く名前の、カラーによると「若手だからディコンストラクションの手法をむき出しに使ってわかりやすい」批評家のしごとが紹介されていた。「ウォールデン・ポンドの偽の底」という題名のこの論文とこの批評家の名が、妙に頭に引っかかった。

やがて一九八七年、マイケルズが『金本位制と自然主義のロジック』という人を食ったような題名の本を出した。飛びついて読んだ私は、たちまち、マイケルズの議論の中心であるノリスのとりこになった。ノリスをはじめとするアメリカ自然主義文学の気味の悪い魅力と、私の生活の基本の様態や条件とはどこかで切実に交錯していて、しかもマイケルズが切り開いた自然主義文学研究の方法は、この交錯のありさまを注視する新しい手段を提供してくれると思われたのである。遺伝や環境による決定論の哲学にさほど親身な関心を寄せることはできなくても、産業主義と合理化の文化は、私にとって同時代の現象だった。

この本は、それ以来書いた六本の論文と、新たに書きたした「イントロダクション」、それに「分離と接触―スティーヴン・クレインの知覚」からなっている。誇るべきことかどうか、一〇年のあいだの考えには、それほどの変化はない。既発表の論文の初出はつぎのとおりである。再録にあたって書式などを統一し、いくつか新しい記述を付加したが、大幅な改稿は行っていない。初出の際にお世話になったかたがたと、刊行物からの論文転載を許可してくださった研究社出版に感謝します。

「フランク・ノリスと時計の殺害」『アメリカ文学研究』(日本アメリカ文学会)第二七号 一九九一。

「見えないサンフランシスコ—フランク・ノリスの都市描写について」『アメリカ研究』(アメリカ学会)第二八号 一九九四。

「宇宙の寒気—ジャック・ロンドンと運動の凍結」『批評理論とアメリカ文学—検証と読解』中央大学人文科学研究所編 中央大学出版部 一九九五。

「ハーストウッドの振子—セオドア・ドライサーの時間」『ニューヒストリシズム』(「現代批評のプラクティス」2) 富山太佳夫編 研究社出版 一九九五。

「《地方》の時間—セアラ・オーン・ジュエットと時計の抑圧」『読み直すアメリカ文学』渡辺利雄編 研究社出版 一九九六。

「類似という名の病—フィリップ・K・ディックのお告げ」『文学の境界線』(「現代批評のプラクティス」4) 富山太佳夫編 研究社出版 一九九六。

手に入りにくいノリスのテキストを多数収録したノリス全集を編集され、いつも後進を盛大に励ましてくださる井上謙治先生からは、ノリスの書簡集など貴重な資料を拝借させていただいた。ありがとうございました。

アメリカ自然主義文学については、私の勤め先である東京都立大学のほか、明治学院大学、金沢大学、東京大学、千葉大学、京都大学、慶應義塾大学で講義する機会を与えていただいた。機会を与えてくださった各大学の先生方に感謝するとともに、聴講してくださった学生諸君にありがとうございました、と申しあげたい。皆さんがおもしろがったり、不審そうだったり、退屈したりしながら話を聞いてくれていた様子を、私はヴァンドーヴァーではないので、ずいぶんよくおぼえているのです。なかでも、ノリスでは登場人物の動作のマンネリズムが他の人物に転移することを指摘した大矢健さん、ロンドンではつねに何の前触れもなく出来事が突発することを教えてくれた竹野富美子さんは、強く記憶に残っています。

松柏社の森有紀子さんは、目をみはるような歯切れのよさでこの本の出版を引き受け、著者に不安を覚えさせる機会を与えない元気で進行を管理してくれた。感謝していますし、すこし見習いたいと思っています。

そして、ゆっくりした理想的な研究環境を与えてくれる東京都立大学英文学研究室のすべての先輩と同僚、自分本位な私の日本語を的確に批判してくれる妻の光江に感謝します。

一九九九年秋

折島正司

ラ行

リアーズ, ジャクソン・T Jackson T. Lears *88-89, 134, 224, 239*
ロジャーズ, ダニエル・T Daniel T. Rodgers *150*
ロンドン, ジャック Jack London *27-29, 33, 38, 40, 48, 52, 56-83, 86-87, 175-76, 221*
 「一千ダース」 "One Thousand Dozen" *40*
 「生命への愛」 "Love of Life" *27-28*
 『階級間の戦争』 *War of the Classes 64*
 『荒野の呼び声』 *The Call of the Wild 66, 87*
 『シー・ウルフ』 *The Sea-Wolf 28, 57, 78-79, 81*
 「スロットの南側」 "South of the Slot" *58-60, 86*
 「焚火」 "To Build a Fire" *28, 38-39, 48, 56-57, 70-78, 81*
 『鉄の踵』 *The Iron Heel 60-64, 87, 175-76*
 「ホワイト・サイレンス」 "The White Silence" *69-70*
 『ホワイト・ファング』 *White Fang 57, 66, 67, 87*
 「背教者」 "The Apostate" *70, 81, 82*
 『マーティン・イーデン』 *Martin Eden 65, 87, 175-76*

ハ行

パイザー，ドナルド Donald Pizer *16, 26-27, 237-38*
『十九世紀アメリカ文学におけるリアリズムとナチュラリズム』 *Realism and Naturalism in Nineteenth-Century American Literature* *16, 26, 237-38*
ハート，ジェイムズ・D James D. Hart *53*
バンタ，マーサ Martha Banta *83*
ブアスティン，ダニエル Daniel Boorstin *85-86, 153-54*
フィッシャー，フィリップ Philip Fisher *90, 101, 111, 130*
フィッシュ，スタンリー Stanley Fish *13-14, 196*
ブライアン，ウィリアム・ジェニングズ William Jennings Bryan *18*
フリード，マイケル Michael Fried *30, 212*
フリーマン，メアリー・ウィルキンズ Mary Wilkins Freeman *130-35*
「我慢強い待ち手」 "A Patient Waiter" *130-32*
『ささやかなロマンス』 *A Humble Romance* *130*
「正直者」 "An Honest Soul" *131-32*
「ふたりの年老いた恋人たち」 "Two Old Lovers" *132-33*
ブルックス，ピーター Peter Brooks *234*
ブーン，ジョセフ・アレン Joseph Allen Boone *125-27*
ベイトソン，グレゴリー Gregory Bateson *41, 172-73, 194-95, 222*
『精神の生態学』 *Steps to an Ecology of Mind* *172-73*
ベンフィー，クリストファー Christopher Benfey *202*
ホフスタッター，ダグラス Douglas Hofstadter *170-72, 173*

マ行

マイケルズ，ウォルター・ベン Walter Benn Michaels *16-25, 29-32, 42, 44, 119, 197*
『金本位制と自然主義のロジック』 *The Gold Standard and the Logic of Naturalism* *17-25, 31, 156, 197*
真木悠介 *89, 139*
マーク・トウェイン，Mark Twain *85, 130, 168-69*
『アーサー王宮廷のコネティカット・ヤンキー』 *A Connecticut Yankee in King Arthur's Court* *85, 168-69*
『金ぴか時代』 *The Gilded Age* *130*
マリアーニ，ジョルジオ Giorgio Mariani *222*
丸山真男 *12*
見田宗介 *45*
ミッチェル，リー・クラーク Lee Clark Mitchell *118-19*

ナ行

デカルト Descartes *12, 13*
デリダ, ジャック Jacques Derrida *23*
ド・ヴォーカンソン, ジャック Jacques de Vaucanson *166*
トマス, ブルック Brook Thomas *31*
ドライサー, セオドア Theodore Dreiser *29, 33, 37-38, 90-119, 221, 228*
　『シスター・キャリー』 *Sister Carrie* *29, 37, 90-91, 94-95, 97-99, 101-6, 115-18, 228*
　キャリー Carrie *37, 90, 95, 102, 105-6*
　ハーストウッド Hurstwood *29, 37, 40, 83, 90-92, 94-95, 97-99, 103-6, 116-18, 228*
　『ジェニー・ゲアハート』 *Jennie Gerhardt* *99-100, 107-15*
　『素人労働者』 *An Amateur Laborer* *91-97, 228*
トラクテンバーグ, アラン Alan Trachtenberg *217-19, 221, 230*

ノリス, フランク Frank Norris *18-23, 26-29, 33, 36-39, 52, 87-88, 140-158, 221, 226-46*
　『ヴァンドーヴァーと野獣』 *Vandover and the Brute* *36, 53, 143, 147, 148-49, 155-56, 226-27, 240*
　ヴァンドーヴァー Vandover *33, 39-40, 47-48, 52, 83, 148, 154, 155-56*
　『オクトパス』 *The Octopus* *29, 34, 37, 87, 140, 145*
　「崖の住民たち」 "Among Cliff Dwellers" *244-45*
　「コスモポリタン・サンフランシスコ」 "Cosmopolitan San Francisco" *226, 242-44*
　「大都市の騒音」 "Metropolitan Noises" *226*
　「デル・モンテのカントリークラブ」 "Country Club at Del Monte" *226*
　『ピット』 *The Pit* *53, 87, 140*
　『ブリックス』 *Blix* *28-29, 53, 143-45*
　『マクティーグ』 *McTeague* *18-23, 26, 34, 36-37, 53, 87, 143, 145-48, 156-58, 231-33, 239, 241*
　マクティーグ McTeague *18-19, 26, 28, 36-37, 40, 83, 143, 146, 147*
　トリナ Trina *18, 26-29, 143, 146, 147, 154, 156-58*
　ザーコウ Zerkow *19-20, 29*
　マライア・マカパ Maria Macapa *29*
　「メカニクス・オブ・フィクション」 "The Mechanics of Fiction" *35*
　『レディー・レッティー号のモラン』 *Moran of the Lady Letty* *87, 141-42, 145*
　「ロマンティック・フィクションを弁護する」 "A Plea for Romantic Fiction" *26*

Sundquist *137*
ジェイムズ，ウィリアム William James *20-21*
ジェイムズ，ヘンリー Henry James *119, 234-36*
ジェイムソン，フレドリック Fredric Jameson *34, 219-20, 224*
ジュエット，セアラ・オーン Sarah Orne Jewett *122-30, 135-39*
『ディープヘイヴン』 *Deephaven* *123-24, 128-29*
『とんがり樅の木の国』 *The Country of the Pointed Firs* *124-27, 135-39*
「マーサの姫様」 “Martha's Lady” *122-24*
シュレリス，トマス Thomas Schlereth *97*
スマイルズ，サミュエル Samuel Smiles *149, 152-53, 154*
セルツァー，マーク Mark Seltzer *29-30, 33, 80-82, 83, 98, 175-76, 207*
『身体と機械』 *Bodies and Machines* *80-82, 83, 207*
ゾラ，エミール Éile Zola *7-16, 31*
「実験小説論」 *11-12*
『テレーズ・ラカン』 *7-10, 15, 44*

タ行

巽孝之 *197*
丹治愛 *30, 53*
『神を殺した男』 *53*
チューリング，アラン Alan M. Turing *169-70, 174*
ディック，フィリップ・K Philip K. Dick. *41, 160-97*
「アジャストメント・チーム」 “Adjustment Team” *185*
『最後から二番目の真実』 *The Penultimate Truth* *162-63, 182*
「自動工場」 “Autofac” *180*
「スモールタウン」 ”Small Town” *163-64*
『聖なる侵入』 *The Divine Invasion* *191*
「小さな黒い箱」 “The Little Black Box” *185-87*
『時は乱れて』 *Time Out of Joint* *181-82*
『流れよ我が涙，と警官は言った』 *Flow My Tears, the Policeman Said* *189-91*
『パーマー・エルドリッチの三つの聖痕』 *The Three Stigmata of Palmer Eldritch* *164, 188, 192-96*
「フヌールとの戦い」 “The War with the Fnools” *160-62*
「融通のきかない機械」 “The Unconstructed M” *162, 177-78*
『ユービック』 *Ubik* *183-84, 187, 188*
ティッチ，セシリア Cecelia Tichi *134-35*
テイラー，フレデリック Frederick Winslow Taylor *150-52, 154*

索引

ア行

アーネブリンク，ラルス Lars Åhnebrink *16*
アモン，フィリップ Philippe Hamon *41*
アモンズ，エリザベス Elizabeth Ammons *125-27, 136*
ウィングローヴ，デイヴィッド David Wingrove *178-79*
ウォレン，ロバート・ペン Robert Penn Warren *99*
大井浩二 *30, 52*
　『アメリカ自然主義文学論』 *52*
押谷善一郎 *222*
　『スティーヴン・クレインの眼』 *222*
オマリー，マイケル Michael O'Malley *133*

カ行

カプラン，エイミー Amy Kaplan *41, 92, 134, 222, 238*
ギディオン，シーグフリード Siegfried Giedion *167*
木村敏 *42-46, 49-50, 215-16, 222*
グラフ，ジェラルド Gerald Graff *31*
クレイン，スティーヴン Stephen Crane *30, 38-39, 175, 198-222, 229-31, 233*
　「青いホテル」 "The Blue Hotel" *212*
　『赤い武功章』 *The Red Badge of Courage* *206, 208-9, 214-15*
　「嵐のなかの男たち」 "Men in the Storm" *230*
　「男が倒れるとき」 "When Man Falls" *229*
　「オープン・ボート」 "The Open Boat" *198-205, 209-12, 213-14*
　「クレインみずからが語る」 "Stephen Crane's Own Story" *200-2*
　「花嫁イェロースカイに来る」 "The Bride Comes to Yellow Sky" *212*
　「ホーマー・フェルプスの裁判，処刑，そして埋葬」 "The Trial, Execution, and Burial of Homer Phelps" *206*
　『マギー』 *Maggie* *206, 207*
　『モンスター』 *The Monster* *236-37*
ケナー，ヒュー Hugh Kenner *167-69, 178*
コン，ピーター Peter Conn *86, 119*
コンラッド，ジョゼフ Joseph Conrad *219, 220, 222*

サ行

ザガレル，サンドラ Sandra A. Zagarell *137*
サンドクウィスト，エリック Eric

著者略歴

折島正司（おりしま　まさし）
一九四七年神戸市生まれ。アメリカ文学専攻。東京大学大学院修士課程修了。現在、東京都立大学人文学部教授。
共著書　『文学アメリカ資本主義』（南雲堂）。
訳　書　J・G・フレイザー『王権の呪術的起源』（共訳、思索社）、W・アレンズ『人喰いの神話』（岩波書店）、ジョナサン・カラー『ディコンストラクションI・II』（共訳、岩波書店）、ロバート・スコールズ『テクストの読み方と教え方』（岩波書店）、イーハブ・ハッサン『おのれを賭して』（共訳、研究社）。

機械の停止

アメリカ自然主義小説の運動／時間／知覚

二〇〇〇年一月二十日　初版発行
著　者　折島正司
発行者　森　信久
発行所　株式会社　松柏社
〒一〇二―〇〇七二　東京都千代田区飯田橋二―八―一
電話〇三（三二三〇）四八一三（代表）
ファックス〇三（三二三〇）四八五七
装丁者　加藤光太郎
カバー写真　萩原宏美
印刷・平河工業社／製本・新里製本

ISBN4-88198-929-4
定価はカバーに表示してあります。